D1437282

Zoete wraak

Zoete wraak

Guy Didelez
Joke De Vloed

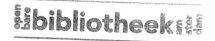

Manteau

© 2008 Uitgeverij Manteau / Standaard Uitgeverij en Guy Didelez en Joke De Vloed
Standaard Uitgeverij nv, Mechelsesteenweg 203, B-2018 Antwerpen
www.manteau.be
info@manteau.be
www.guydidelez.be

Omslagontwerp: Herman Houbrechts
Vormgeving binnenwerk: 508 Grafische Produkties bv, Landgraaf
Foto achterplat: Koen Broos

ISBN 978 90 223 2305 2
D/2008/0034/283
NUR 284

1

'Toe maar, David... Steek dat blitse helmpje even zo hoog je kunt! Dan kunnen we het met z'n allen bewonderen!' Geamuseerd ziet meneer De Bruyn – spotnaam 'den Bruine' – hoe David Van Esbroeck zuchtend opstaat en zijn helm achteraan op de kast legt, naast een paar andere helmen die daar al liggen.

'Prima! Nu die plaspot van zijn bank is verdwenen en David zijn dagelijkse portie aandacht heeft gekregen, kunnen we eindelijk beginnen met de les Nederlands!' gaat De Bruyn verder. Tot zijn tevredenheid hoort hij links en rechts wat gegniffel. Tja, hém hoeven ze niet meer te leren hoe je lastige leerlingen moet aanpakken. Tweeëntwintig jaar ervaring en een tong die van jaar tot jaar scherper wordt.

'Jullie weten ongetwijfeld dat de vierde klas de traditie heeft om elk jaar een toneelstuk op te voeren...'

Brian, die met Dave en Stefanie, die allebei vlak voor hem zitten, een allesbehalve goddelijke Drievuldigheid vormt, slaat geërgerd zijn ogen neer. De Bruyn negeert de reactie. Je kunt niet op alles ingaan...

'Ook dit jaar gaan we met de hele klas keihard aan een toneel-project werken', vervolgt hij. 'Op het einde van het schooljaar zullen we een volwaardig avondvullend stuk opvoeren. Toch is er één groot verschil met de vorige jaren. Ik doe de regie niet zelf. Die komt in handen van de stagiair die jullie na de speeltijd zullen leren kennen.'

'Een knappe?' wil Brian weten.

Meneer De Bruyn glimlacht.

'Van voorkeur veranderd, Brian?'

'Euh?'

'Ik had het over een stagiair. Geen stagiaire. Maar mij maakt het niet uit, hoor. Als je gevoelens een andere richting uit gaan, dan moet je die vooral niet proberen tegen te houden.'

Gegniffel.

Vanuit haar ooghoeken kijkt Stefanie naar Brian. Iedere keer als ze hem aankijkt, smelt ze zowat weg. Toch probeert ze niets van haar gevoelens te laten merken. De jacht moet vooral heel lang duren, weet ze. Brian dumpt zijn liefjes meestal binnen een week. Het is dus nuttig de eerste vrijpartij zo lang mogelijk uit te stellen.

Intussen zijn de meeste leerlingen van 4A wakker geworden.

'Hoelang blijft die stagiair?'

'Welk toneelstuk gaan we spelen?'

'Moeten we op onze vrije dagen repeteren?'

Meneer De Bruyn maakt een afremmende beweging.

'Eerste vraag: de stagiair blijft tot het einde van het schooljaar. Hij zit in zijn laatste jaar en heeft dus lange, intensieve stage-periodes. Daarom ook heb ik hem voorgesteld het toneel-project te begeleiden. Hij heeft zelf al wat toneelervaring. Het zal dus wel loslopen. Tweede vraag...'

Maar voor hij daar een antwoord op kan geven, wordt er op

de deur van het klaslokaal geklopt. Zonder een antwoord af te wachten, komt de directeur binnen. Achter hem loopt een bizar meisje met een lijkbleek gezicht. Ze heeft deels pikzwart, deels paars geverfd haar dat stekelig naar boven priemt. Ze draagt een zwart T-shirt, een zwarte rok en zwarte nylonkousen. Op haar rug heeft ze een lilakleurig rugzakje.

Er gaat een schok door De Bruyn heen. *Kaat?!* Dan schudt hij zijn hoofd. Kaat is dood.

Er valt een verbaasde stilte. Wat komt dat wicht hier doen? 'Dit is Hester Van Gool', legt de directeur uit. 'Ze heeft zich vanmorgen ingeschreven op onze school. Ze woonde in Antwerpen, maar ze is naar ons dorp verhuisd. Ik twijfel er niet aan dat jullie haar een beetje wegwijs zullen maken in haar nieuwe klas.'

Hij knikt vriendelijk maar haastig naar het meisje en loopt dan het lokaal weer uit, nieuwe verplichtingen tegemoet.

De Bruyn staart iets te lang naar de donkere cirkels onder de doffe ogen. *Die kleding... Kaat zou ongetwijfeld ook zulke spullen gekozen hebben...*

'Gothic!' fluistert Brian. 'Very very gothic!'

Hoewel Hester niet direct een toonbeeld van vrouwelijke bevalligheid is, lijkt Brian tot ergernis van Stefanie toch wat geïmponeerd. Ze moet die nieuwe nu al niet.

Alsof hij alles nog wat meer op de spits wil drijven, wijst De Bruyn nu ook nog naar de lege stoel naast Brian.

'Ga daar maar zitten. Ik maak je tijdens de pauze wel wat wegwijs. Welke boeken en schriften je nodig hebt en zo. Ik wil nu liefst zo snel mogelijk verder gaan met wat ik de leerlingen aan het vertellen was...'

Er zit ongetwijfeld een heel verhaal achter die rare outfit, denkt
De Bruyn. Een verhaal dat hij liever niet wil kennen.

Ook al is het meer dan twintig jaar geleden, toch is het beeld
nog scherp in zijn geheugen gegrift: een ineengezakte Kaat
naast de toiletpot.

Hij was na vier uur nog wat huiswerk blijven verbeteren in de
lerarenkamer. De schoonmaakster had het meisje in het op
een kier staande toilet gevonden en had hem gewaarschuwd.
Toen hij bij haar kwam, was de helft van haar gezicht al
blauw. Naast de opgestroopte mouw van haar linkerarm lag
een injectienaald.

Niemand op school had haar gemist. Kaat liep vaak weg
tijdens de pauze of ze kwam gewoon niet opdagen.

Het was het eerste jaar dat De Bruyn lesgaf. Al heel snel had
hij door dat ze iets gebruikte, maar dat het heroïne was, nee,
dat had hij aanvankelijk ook niet kunnen denken.

Hij had uren met Kaat en met haar ouders gepraat. Toen hij
wist hoe dramatisch de hele toestand was, was hij er zelfs in
geslaagd haar te overtuigen zich te laten opnemen in een
ontwenningskliniek. Ze werd daar de volgende ochtend
verwacht. Te laat. Een overdosis.

Even komt het oude schuldgevoel terug. *Nee, deze keer kijk je
een andere kant op, De Bruyn.* Dan concentreert hij zich
opnieuw op de klas.

Brian haalt intussen zijn boekentas van de stoel naast hem.
Hij knipoogt naar Hester.

Tot zijn stomme verbazing negeert het meisje hem. Ze stapt
hem voorbij en gaat achter hem zitten, aan het tafeltje dat
wacht op het ogenblik waarop Tasha zonder klierkoorts
terugkomt naar school.

Verbazing in de klas en Brian die afgaat als een gieter. Hester lijkt het niet eens te merken. Zodra ze zit, wriemelt ze een zakdoek uit haar mouw, spuwt erin en begint heel geconcentreerd te wrijven op een rode inktvlek in het houten tafelblad. Ze lijkt zich totaal niet bewust van alle verbaasde reacties rondom haar.

De Bruyn strijkt over zijn kale schedel. Een zenuwtrekje. Als hij zich onzeker voelt, doet hij dat vaker. *Negeren,* denkt hij. *Niet op ingaan. Ik wil het niet nóg eens meemaken.* 'De keuze van het stuk, dus. Ik heb voor een heel klassiek en tegelijk brandend actueel stuk gekozen. *Antigone,* een tragedie van Sophocles. Het maakt deel uit van het Oedipusverhaal.'

Het is alsof er één grote kreun door de klas gaat. Een Griekse tragedie. Oedipus... Om er een levenslang complex aan over te houden!

'Moet dat nu echt, meneer!' roept Kato verontwaardigd. 'Zo'n oubollig stuk van een oude Griek die al bijna tweeduizend jaar dood is!'

'Tweeduizend vijfhonderd!' verbetert De Bruyn minzaam.

'Tweeduizend vijfhonderd!'

De humor dringt niet echt tot Kato door.

'Waarom kunnen we geen modern stuk nemen?' houdt ze vol. 'Er zijn zoveel toffe boeken...'

'Als het seksboeken zijn, speel ik alle vrijscènes!' stelt Brian voor.

'Het moet voor je medeleerlingen ook leuk blijven!' pareert De Bruyn. 'Kennen jullie trouwens het verhaal van Antigone al?'

Stilte, ook bij de zeldzame leerlingen die al eens iets over het verhaal gehoord hebben. Soms is het beschamend te tonen dat je ook nog wat uit je schoolverleden hebt opgestoken.

'Nee, dus? Dat dacht ik al. Ik zal het jullie heel in het kort
vertellen. Antigone is de dochter van koning Oedipus.'
'Welke poes?' probeert Dave grappig te zijn.
'Jammer genoeg geen pitspoes. Anders konden we haar
meteen op je brommertje leggen. Antigone heeft ook een
broer: Polyneikes. Die heeft gevochten tegen zijn eigen stad.
Hij is daarbij om het leven gekomen. Op het ogenblik dat
Polyneikes begraven wordt, komt koning Kreon onverwacht
op de proppen. Hij is de oom van Antigone en heeft nog maar
pas de troon bestegen. Hij vaardigt een wet uit die zegt dat
verraders en vijanden niet begraven mogen worden. Antigone
staat nu voor een verscheurende keuze. Stelt ze de goddelijke
wet boven de staatswet en begraaft ze haar broer toch? In dat
geval staat haar de doodstraf te wachten...'
'Boeiend!' spot Brian. 'En heel up-to-date! Mag je je broer al
dan niet begraven? Dat vraag ik me haast dagelijks af...' Hij
probeert de glimlach van meneer De Bruyn na te bootsen.
Die laat zich niet imponeren.
'En toch is het brandend actueel. Voor wie verder kijkt dan
zijn gevelsteen lang is, tenminste. Het gaat hier over de keuze
tussen morele en burgerlijke plicht. Die is van alle tijden. Wat
doet een soldaat die het bevel krijgt om zomaar op mensen te
schieten... Een prangende vraag.'
'Speel dan een toneelstuk over een soldaat die voor die keuze
staat!' reageert Stefanie. 'Waarom die omweg?'
'Ken je zo'n stuk?' vraagt De Bruyn. 'Ken je een stuk over een
soldaat die voor die verschrikkelijke keuze staat?'
Het blijft stil. De Bruyn glimlacht.
'Zolang dat toneelstuk er niet is, moeten we het met deze
Griekse tragedie doen. Die bevat trouwens nog heel wat

interessante thema's. De liefde, bijvoorbeeld. De liefde... Wat denk je daarvan, Brian?'

'Euh?'

Brian laat het klinken alsof hij nog grasgroen achter zijn oren is. Hilariteit alom.

'Antigone is verliefd op Haimoon', gaat De Bruyn verder. 'Dat is de zoon van Kreon, je weet nog wel, die oom die net koning is geworden.'

'Wie begint er nu iets met haar neef?!' reageert Leen geschokt. Ze kan het zich niet voorstellen. Al haar neven zijn wereldvreemde nerds die minstens één mankement vertonen: flaporen, veel te grote tanden, een joekel van een neus... Bij háár hoeven ze niet met incest aan te komen!

'We kunnen aan het slot sleutelen', probeert De Bruyn snel. 'Er een andere wending aan geven.'

'Dus nog herschrijven ook?' zucht Stefanie.

'Hoeft natuurlijk niet! Het kan. Veel hangt af van hoe meneer Berckmoes jullie zal sturen of omgekeerd.'

'Berckmoes?'

'De stagiair', verduidelijkt De Bruyn. 'Olaf Berckmoes.'

'Stomme naam', vindt Brian.

'Kan hij toch niets aan doen. Dat is de schuld van zijn vader!' gniffelt Dave.

De hele klas lacht. Bijna de hele klas. Als in trance blijft Hester over die stomme inktvlek wrijven. Ook Stefanie kijkt bloedernstig voor zich uit.

'Ik vind dit echt geen goede keuze, meneer. Dat verhaal ligt veel te ver van ons af. Niemand van ons heeft een oom die koning wordt, een broer die niet op het kerkhof begraven mag worden en een lief dat ook nog familie is. Zelfs soaps zijn geloofwaardiger!'

De Bruyn glimlacht leep. 'Jij bent geknipt voor de rol van Antigone.'

'Wat bedoelt u daarmee?'

Stefanie kijkt hem wantrouwig aan. Maar tegelijk ziet De Bruyn een zweem van interesse.

'Ik bedoel... Antigone was al feministe toen er nog geen feministes waren. Ze kwam voortdurend voor haar eigen rechten op. Ze trok zich niets aan van wetten die door de mannen gemaakt werden. Ze bleef altijd en overal haar eigen ding doen. Jij doet dat ook. Als jij denkt dat ik een verkeerde keuze maak, dan zeg je me dat recht in mijn gezicht. Dat vind ik heel knap. Daarom ben jij volgens mij geknipt om de hoofdrol te spelen.'

Stefanie kijkt haar leraar stomverbaasd aan. De hoofdrol? Dat is wel het laatste wat ze verwacht had.

'Als Antigone vandaag bij mij in de klas had gezeten, had ze op precies dezelfde manier gereageerd', gaat De Bruyn onverstoorbaar verder. 'Ze zou me recht aankijken en zeggen dat ik totaal verkeerd bezig ben. Ze zou blijk geven van een onaantastbaar zelfvertrouwen. En dat is wat ik zoek. Een actrice die zelfvertrouwen uitstraalt.'

Verwarring in de ogen van het meisje.

Wat is ze toch doorzichtig, denkt De Bruyn. *Ze denkt dat ze vol verrassingen zit, maar ze is zo ijdel.* Als Stefanie haar leraar vertelt dat hij de verkeerde keuze maakt, verlangt ze applaus van haar klasgenoten. In plaats van kwaad te worden, biedt De Bruyn haar daarom het applaus van een nokvolle zaal aan. Dave, die het vierde jaar overdoet en De Bruyn al wat langer kent, heeft het spelletje door. 'Niet doen!' fluistert hij zo stil dat enkel Stefanie hem kan verstaan. 'Vorig jaar heeft hij Floor er ook zo in geluisd.'

Dom van Dave... Stefanie doet altijd het tegenovergestelde van wat je vraagt. Tenzij je het zo handig aanpakt als De Bruyn. Ze kijkt haar leraar recht in de ogen.

'Waarom zou ik die rol spelen?'

De Bruyn glimlacht.

'Omdat jij Antigone bént, natuurlijk...'

Stefanie glimlacht terug.

Bingo, denkt De Bruyn.

'Een Antigone moet de schimmenwereld kennen', klinkt het dan vanaf de achterste bank.

Als op een afgesproken teken kijkt de hele klas om. Daar zit Hester. Ze kijkt niet eens op, maar blijft vol overgave haar zakdoek over de rode vlek in het tafelblad bewegen.

2

'Ze moeten haar in de wei zetten!' vindt Dave.
Samen met Brian en Stefanie staat hij in de uiterste hoek van
de speelplaats. Omdat je de leraren er van ver ziet aankomen,
is het – samen met de toiletten – de minst gevaarlijke plaats
om een sigaretje op te steken. Toch blijft het altijd wat link
vanwege de peukjes.
'Waarom in de wei?' wil Stefanie weten.
'Als vogelverschrikker', gniffelt Dave. 'Ze zou succes hebben!'
'Die arme vogeltjes', spot Stefanie. 'Als GAIA dat te weten
komt, doen ze haar een proces aan.'
Ze zwijgen even en kijken dan, als op een afgesproken teken,
opnieuw naar het rare meisje met het paarse rugzakje.
'Als ze die tas ooit controleren, komt ze de school niet meer
in', vervolgt Dave.
'Denk je dat ze iets gebruikt?' wil Brian weten.
'Als zij niks pakt, pakt niemand iets! Zakdoek uit haar mouw,
een beetje speeksel erop en wrijven maar... Compleet van de
wereld.'
Brian haalt geringschattend zijn schouders op.
'Ik heb niets gezien.'
'Dat zal wel...' spot Dave. 'Zij zag jou ook niet zitten...'

'Wat bedoel je daar nou weer mee?' Er schuilt een dreigend ondertoontje in Brians stem. Hij houdt er niet van als de meisjes hem negeren en hij houdt er nog minder van als Dave daar commentaar op heeft.

Dave haalt zijn schouders op.

'Laat maar zitten. De moeite niet waard.'

'Ik vertrouw dat zwarte scharminkel niet', neemt Stefanie over. 'Ik wil weten wat erachter zit.'

Zonder de twee jongens nog een blik te gunnen, stapt ze in de richting van Hester. Als een rafelige kraai lijkt die op het schoolplein neergestreken.

Dave loopt haar nieuwsgierig achterna. Misschien valt er nog wat te lachen. Brian volgt argwanend. Die griet intrigeert hem, maar hij heeft geen zin om een tweede keer gezichtsverlies te lijden. Daarnet leek het er echt op alsof ze niet naast hem *wilde* gaan zitten.

'Hey', begint Stefanie zo neutraal mogelijk.

Hester schrikt op. Ze was wel heel diep in gedachten verzonken.

'Hoe ben jij hier terechtgekomen?' wil Stefanie weten. 'Zo midden in 't schooljaar?'

'Verhuisd.'

Hoewel ze maar één woord zegt, kan Hester haar Nederlandse tongval niet verbergen.

'Aha... Verhuijsd!' probeert Stefanie haar accent heel deftig na te doen. 'En waar woonde je dan voor je verhuijsd bent? In Nederland, misschien?'

Hester staart naar een punt ergens boven haar en haalt haar schouders op.

'Ik ben Vlaamse', antwoordt ze dan. Weer valt het op dat ze perfect Nederlands spreekt. En voor iemand die aan de drugs zou zijn, geeft ze in elk geval heel gerichte antwoorden.

'Waar woon je nu?' dringt Dave aan.

'In de buurt.'

'Waar?'

'Het Larynxbos.'

Er valt een stilte. Alle drie proberen ze de buurt zo goed mogelijk voor de geest te halen. Het Larynxbos ligt een behoorlijk eindje van de dorpskern vandaan. Het is zowat het enige bos dat de hele streek nog rijk is.

'Daar staan geen huizen', mompelt Stefanie verbaasd.

'Toch wel.'

'Ik weet wat je bedoelt!' zegt Dave. 'Dat bouwvallige landhuis, met een groot atelier apart aan de zijkant?'

'Klopt.'

'Ik ken het bos goed', reageert Brian enthousiaster dan gewoonlijk. 'Mijn grootmoeder woonde er vlakbij. Op de Maalse Steenweg. Ken je die?'

'Hoe zou ze die nu kennen? Ze woont hier nog maar pas!' komt Stefanie bits tussenbeide. Brian moet die griet niet in haar ogen kijken. Hij moet naar háár kijken. Zo lang en zo vaak mogelijk en met hetzelfde verlangen als dat waarmee papa vroeger naar mama keek.

Enfin, 'papa'... Hij is haar vader niet eens...

In een flits ziet ze mama zenuwachtig door het salon benen. Ze draagt een rode avondjurk en haar scherpe naaldhakjes tikken nijdig op het parket. Het parelmoeren halssnoer dat tot diep in haar decolleté hangt, bungelt rusteloos heen en weer.

'Ik zorg ervoor dat dat serpent bij hem weggaat.'

'Maar mama, jullie zijn nu toch gescheiden en je hebt een nieuwe vriend.'

'Het is niet aan háár om met jou naar de kapper te gaan. Ik heb een nieuwe afspraak gemaakt.'

'Als ik moet blijven gaan, staat er straks geen haar meer op mijn hoofd!'

'Kies je háár kant?'

'Dat zeg ik toch niet!'

'Elke keer als je thuiskomt, zie je er anders uit. Dat gebeurde niet toen papa nog alleen was.'

'Hij heet Bernard. Hij is mijn papa niet.'

Wie haar echte vader was, wist alleen haar moeder. Maar mama wilde er niets over vertellen. Als kind fantaseerde Stefanie altijd dat hij een filmster was. Op een dag zou hij voor haar deur staan en haar ontvoeren.

Als kleuter waren er altijd mannen in het leven van haar moeder geweest. Ze kwamen en ze gingen. Tot Bernard kwam. Hij blééf. Maar ook Bernard kon op den duur niet meer leven met mama en haar hysterische trekjes. Na jaren en jaren hield hij het voor bekeken. Af en toe ging Stefanie hem nog eens bezoeken, maar zodra hij een nieuwe vriendin had, was er altijd wel iets wat mama stoorde. Uiteindelijk was Stefanie maar met die bezoekjes gestopt. Bernard was tenslotte ook haar papa niet. Mama heeft intussen een nieuwe vriend. De zoveelste al. Ze gaat er elk weekend heen. Soms vertrekt ze al op vrijdagochtend. Zonder haar hysterische buien is het vreemd stil in het grote huis. Stefanie nodigt Brian en Dave dan maar uit. Dat breekt de verveling een beetje.

Ze realiseert zich plots weer dat ze op de speelplaats staat. Waarom denkt ze nu aan thuis? Dat overkomt haar anders nooit op school.

Dan duiken de raadselachtige woorden van die nieuwe weer op in haar hoofd: 'Een Antigone moet de schimmenwereld kennen.'
Even is het alsof die nieuwe het over háár wereld heeft. Haar moeder die met de dag meer alleen met zichzelf bezig was. En al die vage mannen die kwamen en gingen. Schimmen... Onzin! Ze probeert er niet langer aan te denken en concentreert zich op Dave. Die wil weten hoe de kraai naar school gaat. 'Naar het Larynxbos rijden toch geen bussen?'
'Te voet', antwoordt Hester.
'Jij liever dan ik', blaast Brian. 'Dat is meer dan een halfuur lopen.'
Hester kijkt hem geringschattend aan en haalt haar schouders op.
Dave knipoogt even naar Stefanie.
'Zal ik je morgen komen halen?' vraagt hij Hester dan. 'Op mijn nieuwe brommer?'
Wat is hij nu weer van plan?
Op dat ogenblik gaat de bel.
'Sorry. Ik moet gaan.'
In plaats van naar de plek te lopen waar ze samentroepen, stapt Hester de andere richting uit, naar de toiletten.
'Raar vogeltje', vindt Brian.
Stefanie snapt er ook niks van. Maar ze begrijpt nog minder van Daves reactie.
'Waarom zou je dat zwarte scharminkel een lift geven?'
'Kan nog plezant worden! Die griet achter op mijn brommer. Wie weet wat ze me allemaal in mijn oor komt fluisteren!'
'Fluisteren', spot Brian. 'Met je helm op! Dat zal wat worden!'

Samen met meneer De Bruyn stommelen ze de trappen op. Vreselijk toch, elke keer die tocht naar de tweede verdieping. Dat geeft Hester de kans om ongemerkt bij de groep aan te sluiten. Jammer. Stefanie had De Bruyn graag eens tegen die nieuwe zien uitvaren.

In de klas wacht er een verrassing.

'Olaf, onze nieuwe stagiair! Gedurende twee maanden zal hij jullie leraar Nederlands zijn.'

'Ola... Olaf', fluistert Leen bewonderend. Stefanie kan haar reactie best begrijpen. Olaf lijkt zo weggelopen uit een glossy. Hij is ongeveer een meter tachtig en lekker gespierd. Hij heeft een sympathiek smoeltje en draagt zijn lange, blonde haar in een staartje.

'Mmmm, dat kontje...' fluistert Kato.

De Bruyn hoort het gelukkig niet. 'Als je dit overleeft, overleef je alles', knipoogt hij. Hoewel hij zich tot de stagiair richt, spreekt hij luid genoeg opdat iedereen het kan horen. '4A is de meest gevreesde klas van de hele school.'

Protest, natuurlijk! Vooral Brian reageert verontwaardigd.

'Niet van de hele school. Van de wijde omgeving!'

Monkelend zoekt De Bruyn een vrije plaats achter in de klas. Hij wil niets van het spektakel missen. Olaf zou niet de eerste stagiair zijn die binnen de kortste keren door de lieverdjes van 4A wordt buitengewerkt.

Maar Olaf lijkt helemaal niet zenuwachtig. Met een brede glimlach staat hij wijdbeens op de trede en wacht tot iedereen heeft plaatsgenomen. Zijn stem klinkt vast, zonder de minste trilling.

'Hey! Zoals meneer De Bruyn al zei, ben ik de komende maanden jullie leraar Nederlands.'

Stefanie voelt hoe ze een kleur krijgt. Nooit eerder heeft ze een leraar ontmoet die haar met 'Hey!' aanspreekt. Meestal beginnen leraren heel formeel met 'Goeiemorgen!' Sommigen laten daarbij de g zelfs als een scheermesje achteraan in hun keel schrapen. Alleen bij die West-Vlaming die ze ooit kregen, lukte dat niet. Die stond daar maar van 'Hoeiemorgen' en 'Hoeiedag'. 'Ook een geel geel hoeiemorgen!' lachte Brian terug. Die kerel kon meteen wel inpakken.

Maar niet dus met Olaf. Hij gaat heel ontspannen vooraan op het bureau van meneer De Bruyn zitten. Alsof hij al jaren lesgeeft.

'Ik hoop dat wij tof mogen samenwerken en dat we het heel goed met elkaar kunnen vinden.'

Beeldt Stefanie zich dat alleen maar in of kijkt hij speciaal naar haar? Ze weet het niet. Ze voelt alleen dat haar hart wat sneller begint te kloppen.

'Ik zou de les vandaag op een nogal ongewone manier willen beginnen. Met poëzie!'

'En het toneel?' onderbreekt Dave. 'Ik dacht dat je ons daarover iets zou vertellen?'

'U!' antwoordt Olaf. 'Het is u voor jou. Zullen we dat afspreken?'

Dave moet even slikken.

'Ik dacht dat u ons iets over het toneel zou vertellen?' verbetert hij een beetje overdonderd.

'Zal ik ook doen', zegt Olaf. 'Maar niet langer dan nodig. Vandaag wil ik het vooral over poëzie hebben. Wat wilden jullie nog weten over dat toneel?'

'Of u ons gaat begeleiden?' vraagt Annick.

'Had meneer De Bruyn dat dan niet verteld?'

'Natuurlijk wel', bromt de stem van hun leraar vanaf de achterste bank. 'Ik heb alles al uitgelegd.'

'Probleem opgelost!' glimlacht Olaf. Hij haalt een stapeltje kopieën uit zijn boekentas.

'Ik wou het nog even over de keuze van het stuk hebben', begint Brian dan. 'Antigone... Dat klinkt zo ouderwets.'

'Dat is juist de uitdaging', vindt Olaf. 'Van een klassiek stuk toch iets hedendaags maken. Ik hou wel van uitdagingen. Jij niet?' Hij kijkt Brian recht in het gezicht. Die weet niet wat hij moet antwoorden. Als hij zegt niet van uitdagingen te houden, is hij een doetje en in het andere geval geeft hij Olaf gelijk.

'Ik vind Antigone trouwens een fascinerende meid', gaat Olaf onverstoorbaar verder. 'Je moet het maar doen: op je dooie eentje tegen alle wetten en voorschriften ingaan. Zij weet tenminste wat ze wil. Een vrouw met ballen aan haar lijf!' Hij kijkt uitdagend de klas in. Stefanie kan haar glimlach niet verbergen. Over haar schouder kijkt ze naar de laatste rij. Daar schuifelt meneer De Bruyn verveeld op zijn stoel heen en weer. Dat van die ballen vindt hij er duidelijk over.

Maar Olaf heeft zijn doel bereikt. Antigone lijkt plotseling een stuk minder oubollig. Stefanie krijgt nog meer zin in de hoofdrol. Stel je voor... Misschien roept de regisseur haar wel apart om een stukje te oefenen!

'De Bruyn vond mij geschikt voor die rol', flapt ze er uit. Ze kijkt Olaf heel doordringend in de ogen. 'Ik weet ook wat ik wil', voegt ze er dan bijna fluisterend aan toe. Ze denkt niet meer aan Brian die elke week wel een nieuw lief heeft. Ze heeft een nieuw doel in haar leven.

'Mooi!' vindt Olaf. 'Ik zal er rekening mee houden. Maar er zijn misschien nog andere kandidaten. Ik ken jullie nu nog niet goed genoeg om zomaar een keuze te kunnen maken. Dat zou nattevingerwerk zijn.'

O ja, nattevingerwerk, denkt Stefanie. In haar gedachten ziet ze hoe Olaf zijn rechterwijsvinger eerst in zijn mond steekt om die vinger dan zacht strelend over haar wang te bewegen. Nattevingerwerk tot ze erbij wegsmelt.

Intussen begint Olaf de kopieën uit te delen.

'Poëzie vandaag! Een van mijn favoriete dichters: Toon Tellegen. Heeft iemand al eens iets van hem gelezen?'

Niemand reageert. Olaf begint dan maar te declameren.

Hoewel: declameren... Het klinkt eerder alsof hij een bericht uit de krant voorleest.

Een man klampte iedereen aan:
'Bent u de dood? U?'
En de een zei:
'Ja, ik ben het' en een ander zei:
'Wie weet', 'Was het maar waar' of 'Nu u het zegt...'
En die man liep weg, had grote witte voeten,
struikelde over iets bloedigs
en juist toen begon er muziek te spelen
en riep de dood – schuilend voor het leven,
weggedoken in een portiek:
'Ssst... ssst! Stoor die dansende man toch niet!'

Terwijl Olaf voorleest, loopt hij door de klas. Hij heeft een zachte, zangerige stem. Heel anders dan de stem van De Bruyn. Die lijkt meestal op een krakende vinylplaat.

'En?'

Nieuwsgierig kijkt Olaf de klas in.

'Reacties?'

Iedereen kijkt naar elkaar. De Bruyn zou nooit een les op die manier beginnen. Uit elke vraag die hij stelt, blijkt het antwoord al dat hij wil horen.

'Pfff...' zucht Brian dan. 'Moeilijk! Kan die vent niet gewoon zeggen wat hij te zeggen heeft?'

'Nee', glimlacht Olaf. 'Dan zou het geen poëzie meer zijn en zouden we het er vandaag niet over hebben. Als je wilt dat de mensen over je woorden nadenken, schrijf dan poëzie.'

'Wie zegt dat ik dat wil?' antwoordt Brian vijandig. 'Dat ze nadenken over mijn woorden, bedoel ik.'

'Ik wel', antwoordt Olaf. 'Als ik iets zeg, wil ik graag dat de mensen echt luisteren. Stel je een liefdesverklaring voor die het ene oor in- en het andere oor uitgaat. Leuk is anders.'

Hier en daar wordt er gegniffeld. Ook Stefanie vindt het wel grappig dat Olaf juist de grootste playboy van de klas er uitpikt om dit te vertellen.

Brian krijgt het ervan op zijn heupen.

'En toch vind ik dit moeilijk', houdt hij koppig vol. 'Als iedereen zo zou spreken, zou niemand de ander nog begrijpen.'

'Daar heb je een punt', geeft Olaf ruiterlijk toe. 'Poëzie is niet altijd even gemakkelijk. Meestal moet je een gedicht verschillende keren lezen voordat het betekenis krijgt. Zullen we het nog eens proberen?'

Stefanie knikt. Zij kijkt Olaf recht in de ogen. Zij wil wel lezen. Ze wil bewijzen dat hij geen betere Antigone kan kiezen. Maar Olaf, die zich net ter hoogte van Hester bevindt, legt zijn hand even op haar schouder.

'Doe jij eens?'

Hester lijkt heel gespannen. Haar stem trilt als ze voorleest:

'...En die man liep weg, had grote witte voeten, struikelde over iets...'

Haar stem stokt. Ze staart zwijgend voor zich uit. Alsof ze dingen ziet die niemand anders opmerkt.

Stefanie vindt het maar raar. Als ze omkijkt, ziet ze hoe er zweetdruppeltjes parelen op Hesters slapen. En het is toch niet warm in de klas.

Olaf kijkt Hester verbaasd aan. Even lijkt het erop alsof hij iets gaat zeggen, maar net op dat ogenblik leest ze verder.

'En juist toen begon er muziek te spelen.'

Achteraan in de klas schraapt De Bruyn zijn keel.

'Je vergeet een stukje', zegt Olaf. 'Wil je even hernemen? Te beginnen bij "struikelde over".'

'Struikelde over...' herhaalt Hester.

Haar ogen zijn nu op het blad gefixeerd. Ze begint zo mogelijk nog meer te zweten dan daarnet.

Er hangt een rare spanning in de klas die iedereen kan voelen. Het lijkt of de leerlingen van het vierde jaar nooit eerder zo stil zijn geweest.

Dan schuift Hester het blad van zich weg.

'Nee', zegt ze. 'Nee!'

Olaf legt voor de tweede keer zijn hand op haar schouder.

'We hebben het er later wel over.'

Opnieuw schraapt De Bruyn zijn keel. Olaf neemt zijn hand van Hesters schouder en kijkt naar de jongen die aan de andere kant van hem zit, Mo.

'Neem jij eens over?'

Mo knikt.

'...Struikelde over iets bloedigs
en juist toen begon er muziek te spelen.'

Stefanie hoort niets meer van de tekst. Vanuit haar ooghoeken merkt ze hoe Olaf zijn blik veel te lang en veel te
bezorgd op Hester laat rusten.

'Belachelijk om zich zo aan te stellen. En die nieuwe loopt er
natuurlijk met open ogen in!'
Na Brian en Dave haalt ook Stefanie een blikje frisdrank uit de
automaat op de speelplaats. Ze trekt het lipje open en neemt
een slok. Hoewel het nog maar begin februari is, doet de
ijskoude drank haar goed. Alsof haar woede op die manier wat
wordt gekoeld.
'Ik vond dat ze écht bleek zag', pruttelt Dave tegen.
'Natuurlijk zag ze bleek. Ze zag al bleek vanaf het eerste
ogenblik dat ze de klas binnenkwam. Een levend lijk ziet er
gezonder uit!'
'En toch leek het alsof ze het écht niet gelezen kreeg.'
'Allemaal komedie! De Bruyn zou er nooit in trappen. Die
heeft veel te veel ervaring. Die had haar wel op haar plaats
gezet.'
'Ik vond het in elk geval een belachelijke les', bemoeit Brian
zich op zijn beurt met het gesprek. 'Wie begint er nu met
poëzie! En dan nog over de dood! Kon die pipo niks vrolijkers
bedenken?'
'Olaf valt wel mee', vindt Stefanie. 'Maar Hester deed
belachelijk. Hij heeft zijn hand zelfs twee keer op haar
schouder gelegd. Ze probeert hem te verleiden.'
'Och...'
'Echt! Vrouwen voelen dat.'
Brian zet het lege blikje op de grond en ploft er zijn voet op.
Het lijkt alsof er een lange, diepe zucht ontsnapt.

'Er is iets niet in orde met Hester', geeft hij toe. 'Dat krot waarin ze woont, bijvoorbeeld.'

'Ken je dat?'

'Ik zei het je toch. Ik was vroeger vaak bij mijn oma. Dat huis stond toen al leeg. Ik ben er eens binnengedrongen, samen met een neefje van mij. Via het keldergat het huis in.'

'Hoe zag het eruit?'

'Veel herinner ik me er niet meer van. We wilden een vuurtje stoken in de haard, maar we zijn er onmiddellijk weer uitgelopen. Er lag een dooie duif in de woonkamer. Ze was half weggerot en stonk als de pest.'

'Hoe lang staat dat huis al leeg?'

'Zolang ik me kan herinneren. Het ziet er vreselijk uit.'

Stefanie fronst nadenkend haar voorhoofd.

'We gaan ernaartoe', beslist ze dan.

'Wanneer?'

'Vanavond. Om zeven uur bij mij.'

'Wat gaan we er doen?' vraagt Brian zich hardop af.

'Dat weet ik ook niet', zegt Stefanie. 'We zien wel.'

'Je zult toch wel íéts van plan zijn, als je vanavond naar dat huis wilt.'

Stefanie draait zich om, gooit haar halfvolle blikje in de vuilnisbak en maakt haar fiets los.

'Kom me halen, Dave!' beveelt ze. 'Ik ga niet dat hele eind met de fiets. En ik wil die nieuwe brommer van jou wel eens testen.'

Dave glundert. Hij wil nog iets zeggen, maar Stefanie is al vertrokken. In geen tijd is ze de schoolpoort uit.

Ik moet die Hester niet, denkt ze, terwijl ze steeds feller begint te trappen.

3

De uil zit roerloos in de boom en staart naar het enige
verlichte raam van het verduisterde huis. In het wit van een
kleine maansikkel ziet het vervallen landhuis er nog grilliger
uit dan gewoonlijk. De verf van de dubbele voordeur is
helemaal afgebladderd. Grijs spinrag plakt op de luiken,
waarvan er meerdere uit de hengsels hangen. Het enige wat
het huis nog een zekere waardigheid geeft, zijn de drie
puntdaken en de boogvormige ramen. Ooit was het een
chique villa met een goed onderhouden tuin errond. Maar dat
is al bijna tien jaar geleden.
De uil verlaat de boom, scheert geruisloos langs het verlichte
raam, waar hij in een flits Hester bij de tafel in de woonkamer
ziet staan, en vliegt dan terug naar het schemerdonkere bos.
Hester schrikt op als iets donkers voorbij het raam komt
gevlogen. Een vleermuis? Ze brengt de energie niet op om te
gaan kijken. Ze gluurt naar haar vader. Net als de vorige
avond hangt hij onderuitgezakt in de fauteuil en staart naar de
grond. Naast hem, op de armleuning, ligt een pakje sigaretten.
Hetzelfde merk als wat mama rookte. Toch heeft hij vroeger
nooit gerookt. Toen was hij een spraakzame man die altijd de
juiste woorden vond, maar sinds ze met z'n tweeën zijn,

zwijgt hij meestal. Ook Hester is stiller geworden. Zwijgend haalt ze een dampende pan uit de keuken en zet die op tafel. Hoewel ze nog maar vijftien is, kan ze al behoorlijk koken; dat heeft ze van haar moeder geleerd. Pas als ze naar de kast loopt om de borden te halen, realiseert ze zich dat die nog in een van de kartonnen dozen zitten die overal in het huis verspreid staan. Ze staan er nog precies zoals ze door de verhuizers zijn achtergelaten.

Het kost haar veel tijd om een tafelkleed en het bestek te vinden. Ze wil het wat gezelliger maken, maar vindt alleen ronde tafelkleden, en deze tafel, die samen met een aantal andere krakkemikkige meubelen in het huis is achter-gebleven, is lang en smal. Dan maar zonder.

Als de tafel gedekt is, schept ze de borden vol.

'Papa, eten!'

Er komt geen reactie. Ze loopt naar hem toe, gaat even op haar hurken zitten.

'Je mag het niet koud laten worden.'

Zoals zo vaak de laatste tijd mijdt hij haar ogen. Hij komt overeind en geeft haar een kus op de wang.

'Bedankt dat je zo goed voor ons zorgt.'

Daarop verdwijnt hij naar de keuken. Als Hester de koelkast hoort opengaan, bijt ze op haar onderlip. Behalve een pizza en een voorverpakte lasagne, staan er alleen maar wijnflessen in. Als haar vader weer binnenkomt met een fles witte wijn in zijn hand, kijkt ze hem verdrietig aan. Ze weet wat een inspanning het hem heeft gekost om al die jaren niet meer te drinken. Als hij opnieuw begint, gaat het vast dagen door. Dan wordt hij weer een compleet andere man...

'Zou je dat nou wel doen?'

'Maak je geen zorgen. Ik heb het onder controle.'

Hester slikt. Dat zinnetje heeft ze als kind zo vaak gehoord.

Zonder aarzeling stapt haar vader naar een van de dozen aan de kant en opent die. In geen tijd staat hij met de kurkentrekker in zijn hand.

Hij wist waar hij de kurkentrekker had bewaard.

Snel draait hij de scherpe spiraal in de kurk. Met een plop-geluid schiet deze uit de flessenhals.

Het volgende ogenblik klotst de wijn in het glas. Gulzig zet hij het aan zijn mond. Even later is het leeg. Hij schenkt opnieuw in, drinkt nu iets trager en niet tot op de bodem. Dan pas gaat hij aan tafel zitten.

Even heeft ze zin om de fles die nu naast zijn bord staat op de tegels kapot te gooien. Het is hier toch een grote rotzooi, dat kan er ook nog wel bij. In plaats daarvan gaat ze naar de keuken om zout te halen, terwijl het eten zout genoeg is.

'Hoe was het op school?' vraagt papa als ze weer binnenkomt. Ze merkt dat zijn glas alweer leeg is. Gelukkig vult hij het niet opnieuw.

'Gaat wel.'

'Toffe klas?'

'We zien wel.'

Hij vraagt niet verder, maar schept de aardappelen op zijn bord.

'Wat heb jij gedaan?' wil Hester weten.

'Ik ben gaan wandelen in het bos.'

'De hele dag?'

'De hele dag, ja.'

'Waarom heb je de dozen niet uitgeladen?'

'Ik had dringender dingen te doen.'

Ze durft niet te vragen wat. De vorige avond was hij al vroeg naar het atelier naast het huis gegaan. De hele avond heeft ze hem niet gezien. Toen ze hem een nachtkus wilde geven, was de deur op slot. Ze was zo verbijsterd dat ze niet eens heeft geklopt. Ze heeft ook niet door de ramen naar binnen gekeken. Misschien had ze te veel schrik voor wat ze zou kunnen zien.

'Je hebt Maarten toch eten gegeven?'

Zonder zijn antwoord af te wachten, staat ze op en loopt naar het dressoir, waarop een grote kooi staat. Van achter de tralies kijken twee rattenoogjes haar mistroostig aan. Dit keer wordt ze wel boos: 'En ik heb het je nog zo gevraagd! Zelfs zijn waterbakje is leeg.'

Ze maakt het haakje los, neemt de rat uit zijn kooi, drukt hem tegen zich aan, streelt hem.

'Ja, je krijgt eten...'

Ze tast in haar zak, haalt er wat graankorrels uit en legt die in de palm van haar hand. Gulzig schrokt de rat het eten op. Zoals altijd kriebelt zijn snuit in haar hand.

Intussen houdt ze haar vader in het oog. Met de blik op oneindig kauwt hij op de aardappelen en het vlees. Ze vindt dat hij een straf verdient.

'Kom. Kom mee aan tafel. Je krijgt wat extra's.'

Ze gaat weer zitten, neemt een hapje van haar bord, kauwt en laat het beest uit haar mond eten. Uitdagend kijkt ze haar vader aan. Die schuift zijn bord van zich af.

'Ik heb genoeg. Het was lekker. Dank je.'

Hij schenkt zich een nieuw glas wijn in.

Hester schuift papa's bord naar de rat, die ze op tafel zet. Snel begint het beest het bord schoon te likken, waarna het weer op haar schouder kruipt.

Al die tijd blijft het stil.

Met de halfvolle fles wijn in zijn ene en het glas en de sigaretten in zijn andere hand, staat haar vader op.

'Ik ga nog even naar het atelier.'

Hester kijkt hem onzeker aan.

'Zou je dat wel doen?'

'Ik kan niet anders.'

Iets in zijn stem waarschuwt haar dat ze maar beter niet verder vraagt.

Hij stapt de living uit en loopt via de keuken de tuin in. Hester ziet hem in het gebouw aan de zijkant van het huis verdwijnen. Pas dan merkt ze, in het licht van de maan, dat hij de vensters van het atelier wit heeft geschilderd. Ze herinnert zich hoe haar grootvader dat vroeger ook deed. Hij streek de glazen panelen van de *koepel,* zoals hij de veranda noemde, in met een papje van gebluste kalk. Maar hij deed dat nooit in februari. Hij deed dat in volle zomer, opdat de temperatuur in huis niet te hoog zou oplopen.

Met een zucht zet ze Maarten op de grond en begint af te ruimen. Het beest wijkt niet van haar zijde. Daarna wast ze het bestek, de borden en de pannen af en zet alles in de lege kasten. Even overweegt ze een paar dozen uit te laden, maar die gedachte ontmoedigt haar zo dat ze ervan afziet.

'Wat denk je, Maarten? Een avondwandeling?'

Ze grijpt haar jas van een stoel en doet die aan. Ze gaat op haar hurken zitten en steekt haar arm uit. Het lijkt of het beest haar begrijpt. Het springt op haar arm, loopt tot in haar nek en snuffelt in haar haren.

Met de rat op haar schouder loopt ze de voordeur uit, de overwoekerde voortuin in en zo het bospad op.

In het licht van de maan lijkt het alsof de stammen elk moment uit de rij kunnen stappen. Hester legt haar hand op het zachte vel van de rat en houdt er flink de pas in.

Stipt om zeven uur arriveert Dave op zijn nieuwe brommer bij Stefanie. Hij hoeft niet eens te bellen. Nog voor hij de motor kan uitschakelen, gaat de voordeur open en komt ze naar buiten.

'Precies op tijd.'

'Ik durf niet anders.'

Hoewel hij het als grapje bedoelt, klopt het wel. Stefanie wil niet tegengesproken worden. Elke wens van haar is een bevel. Ze springt achterop.

'Rijden maar.'

Dave vindt het best opwindend, haar handen in zijn zij. Maar Stefanie is geen spek voor zijn bek. Zij bepaalt zelf de spelregels. De kerels die haar denken te veroveren, zijn prooien in een spel waarvan ze de regels nooit zullen begrijpen.

Een paar straten verder staat Brian hen met ronkende motor op te wachten. Hij neemt onmiddellijk de leiding, maar Dave laat zich niet kennen. Al in de eerste bocht slaagt hij erin op gelijke hoogte te komen.

'Wat doen we nu?'

'Zien of dat krot bewoond is', brult Stefanie boven het geluid van de ronkende motoren uit. 'Misschien heeft die feeks ons iets voorgelogen.'

Ze heeft het koud, achter op de brommer, en steekt haar handen in de zakken van Daves jas. Ze hoopt stiekem dat Brian het zal zien. Misschien maakt dat hem jaloers. Dat zou haar goed uitkomen, net nu ze van plan is haar pijlen op Olaf te richten. Een mooie wraak voor al die keren dat Brian haar genegeerd heeft.

Maar Brian heeft het veel te druk met stoer doen en de leiding veroveren. Veel te snel snort hij naast het fietspad over de rijweg het Larynxbos tegemoet. Als ze bij het bospad komen, vertraagt hij nauwelijks. Over de oneffen zandbodem spurt hij verder in de richting van het landhuis.

'Vertragen!' beveelt Stefanie. Ze vindt het best eng, zo in het duister achter op Daves brommer. Ze schudt nu zo hard op en neer dat ze haar handen opnieuw in zijn zij plaatst. Maar zelfs dan krijgt ze zoveel schokken te verduren dat ze af en toe haar greep moet lossen.

Dave gehoorzaamt onmiddellijk. Waarom ook niet? Hij heeft nog maar nauwelijks met zijn nieuwe brommer gereden en wil liever niet op z'n bek gaan. Hij heeft ook veel te slecht zicht. De gele straal die uit zijn koplamp spuit, zwalkt bij elke put een andere richting uit.

Bij een kruising van twee boswegen houdt Brian halt.

'Moet dat nu echt op die manier?' bijt Stefanie hem toe als ze naast hem stilhouden. 'Dit is geen race, hè!'

Als enig antwoord wijst Brian naar een schim die een eindje verder halfverscholen tussen de bomen over het zijpad loopt.

'Hester?' huivert Stefanie.

Hoewel Hester het geluid van de draaiende motoren moet horen, reageert ze er niet op. Ze stapt verder en schopt wat halfverteerde bladeren voor zich uit.

Stefanies angst slaat om in woede.

'Erachteraan!' beveelt ze.

'Om wat te doen?' vraagt Brian.

'Erachteraan!' herhaalt Stefanie. Ze slaat op Daves rug.

Dave neemt de leiding en tuft naar het meisje toe. Omdat het bospad veel te smal is, kan Brian alleen maar volgen. Vanachter Daves rug probeert Stefanie de toestand te overzien.

'Er zit iets op haar schouder.'

Stefanie recht haar rug, zodat ze wat beter kan kijken.

'Een rat!' stamelt Dave verbaasd. 'Er zit een rat in haar nek!' In het licht van de koplampen ziet Stefanie het beest nu ook. Ze ziet de rattenstaart bewegen langs Hesters gezicht. Het bezorgt haar kippenvel.

Pas als de brommers vlakbij zijn, gaat Hester aan de kant staan. In het halfduister en met die motorhelm op zijn hoofd herkent ze Dave niet. Maar het meisje dat achter hem zit en haar vol weerzin aankijkt, komt haar wel bekend voor. Dat wicht heeft haar eerder op de speelplaats aangesproken. Wat komt die hier doen?

Voor ze ook maar een woord kan zeggen, hoort ze een stem.

'Rattenkop!'

Stefanie spúwt het woord uit in plaats van het te zeggen.

Het volgende ogenblik is de eerste brommer haar al voorbijgesnord. Ondanks zijn helm herkent ze de tweede jongen in het maanlicht. Hij grijnst naar haar.

'Vieze vuile rattenkop!'

Wat komen die drie hier in het midden van dat stikdonkere bos doen?

Hoewel de brommers intussen al een eind verder zijn, maakt een gevoel van paniek zich eensklaps van haar meester.

Ze neemt de rat van haar schouder en trekt hem dicht tegen zich aan. Met bange oogjes kijkt Maarten haar aan.

'Kom, we gaan naar huis.'
Ze draait zich om en stapt snel de weg terug. Enkel het geluid
van de zich alsmaar verder verwijderende motoren verhindert
haar het op een lopen te zetten.

In de living zet ze Maarten in zijn kooi. Met haar wijsvinger
tussen de tralies streelt ze nog even zijn kopje.
'Jou doen ze niks. Als ze iemand gaan pesten, ben ik het.'
Ze vraagt zich af wat ze zal doen en loopt dan naar het raam.
In het atelier, achter de witgekalkte ramen, brandt licht.
Zonder haar jas weer aan te doen, loopt ze naar buiten. Ze
voelt aan de deur. Net als de vorige avond is die gesloten. Ze
klopt op een van de witgeschilderde ruiten.
'Papa?'
'Ja?'
'Kom je niet?'
'Ik heb nog werk.'
'Wat voor werk?'
'Dingen die ik altijd al wilde doen.'
Papa klinkt niet dronken. Maar als hij niet achter die gesloten
deur zit te drinken, wat zit hij daar dan te doen?
'Kan ik helpen?'
'Heb je geen huiswerk?'
'Nee. Het was ook maar de eerste dag.'
'Je kunt misschien wat spullen uitpakken?'
'Morgen.'
'Ook goed.'
'Ik ga lezen.'
'Fijn.'
'En jij?'

'Ik blijf hier nog even.'

'Alles op een rijtje zetten?'

'Zo kun je het noemen.'

'Tot straks.'

'Tot straks misschien.'

Ze is al weer bij de keukendeur als hij haar nog naroept.

'Het was lekker. Je kookt goed. Bedankt.'

Hester gaat weer naar de woonkamer en neemt de kooi bij zich. Ze knipt het peertje boven aan de trap aan en doet alle lichten op de benedenverdieping uit. De vorige dag heeft papa pas na middernacht het atelier verlaten. Om twaalf uur lag ze nog altijd onrustig te woelen. Niets wees er tot dan toe op dat hij het huis weer was binnengekomen.

Met de kooi in haar hand gaat ze de krakende trap op. Het huis is zo groot dat ze gisteren een verkeerde deur gekozen had. De kamer waar ze terechtkwam, rook muf. Er zat een immense vochtvlek vol schimmels op de muur. Alsof iemand stiekem champignons probeerde te kweken.

Dit keer kiest ze direct haar eigen kamer. Op de grond ligt een matras. Die heeft ze de vorige nacht op haar dooie eentje van het grote, krakende bed gehaald. Logisch: bij de kleinste beweging begon dat oude gammele bed zo doordringend te piepen dat het leek of ze boven op een astmapatiënt lag te slapen.

Over de matras heen loopt ze naar het raam. Daar staat een kleine tafel. Net als de andere meubelen die in het huis zijn achtergebleven, is ze heel gammel. Toen Hester gisteren zat te schrijven, leek het soms of ze meebewoog op het ritme van haar hand.

Ze zet het kooitje in het midden van de tafel en doet het open. Onmiddellijk komt Maarten weer op haar schouder gekropen. Hij snuffelt aan haar haar. Het lijkt wel of hij haar met z'n onrustige snoetje kusjes probeert te geven.

Uit de tafella haalt Hester een afgebeten pen en een schriftje tevoorschijn. *Dagboek* staat er in een klodderig handschrift op de omslag geschreven. Schoonschrijven is nooit haar sterkste punt geweest.

Ze gaat zitten, steekt de pen in haar mond en kauwt er nadenkend op. Intussen kijkt ze naar buiten, naar de maansikkel. De hele tijd wijkt Maarten niet van haar schouder. Dan begint ze te schrijven.

Lieve mama,

De maan staat in het eerste kwartier. Er zijn geen wolken en ook geen sterren.

Met het beetje witte licht op dit schrift lijkt het alsof je dichterbij bent. Nog bijna twee weken voor het vollemaan is. Jij kent natuurlijk de juiste datum. Dan kwamen de vrouwen bij ons en speelde je op de grote tamboerijn en zong. Vanaf het moment dat ik voor het eerst ongesteld werd, mocht ik erbij zijn en met jou het grote vuur aanmaken. Soms heb ik het gevoel dat we bij vollemaan een afspraak hebben. Dat is een vreemde gedachte die ik liever uit mijn hoofd duw.

In huis is het een geweldige chaos. Daarnet ging ik op zoek naar een tafelkleed, een paar borden en bestek. Ik denk dat ik wel twintig dozen heb moeten openen voordat ik alles gevonden had. Papa ziet die dozen niet eens staan. Hij is de hele tijd in gedachten verzonken. Hij heeft de ramen van het atelier wit

geverfd en sluit zich daar 's avonds op. En dat terwijl de achter-
deur de hele tijd openstaat en iedereen zomaar het huis in en uit
kan.
Voor we aan tafel gingen, heeft hij een fles wijn uit de koelkast
gehaald. Ik bid maar dat hij niet herbegint.
De leerlingen op de nieuwe school doen stom. Ze kwamen de
pieren uit mijn neus vragen. Alsof ik er ook maar aan zou denken
om hen alles te vertellen. Er is juist een nieuwe stagiair op school.
Die valt wel mee. Ik moest iets lezen wat ik niet gelezen kreeg.
Hij maakte zich niet kwaad of zo. Hij legde alleen zijn hand op
mijn schouder en zei dat we het er nadien wel eens over zouden
hebben. Ik hoop maar dat hij het vergeet. Ik heb geen zin om dat
gesprek te voeren.
Een van de meisjes uit de klas reageerde stikjaloers. Ik zag het
aan haar ogen. Op de speelplaats kwam ze samen met twee
jongens lastig doen en ze zijn ook in de buurt van ons nieuwe huis
geweest. Ze hebben me gezien terwijl ik met Maarten aan het
wandelen was en ze hebben 'Rattenkop!' geroepen. Nou ja, hij zat
daar ook wel heel opvallend op mijn schouder, maar ik kan niet
zonder hem, toch niet nadat jij...

Ze stopt met schrijven. Ze kijkt nadenkend voor zich uit,
begint nu heel fanatiek op het uiteinde van haar balpen te
kauwen. Dan doet ze een nieuwe poging. Ze drukt nu zo hard
op haar pen dat het tafeltje bij elke letter mee lijkt te bewegen.

Lieve mama, ik mis je zo. Hoe kon je toch...

In plaats van de zin af te maken, begint ze heftig de laatste
woorden te schrappen. Pas als er een gat in het blad komt,

klapt ze het schrift dicht en stopt het opnieuw in de lade.

Dan neemt ze Maarten van haar schouder en drukt hem zo dicht tegen zich aan dat het beestje onrustig begint te piepen. Zonder verder een woord te zeggen, zet ze hem weer in zijn kooi.

Ze stapt tot bij de matras, knipt het licht uit, trekt de verfrommelde lakens en dekens over haar hoofd en begint geluidloos te snikken.

Niemand mag dit weten, denkt ze.

De rat blijft roerloos zitten in de door de maan verlichte kooi.

4

'Een rat?! Dat kan niet!' In Kiara's ogen schuilt niet alleen afschuw maar ook ongeloof.

'Ik heb dat beest heel duidelijk gezien! Het zat in haar nek! Zowaar ik hier sta!'

Samen met Dave en Brian bevindt Stefanie zich weer in haar vertrouwde hoek op de speelplaats. Dit keer zijn er ook twee andere meisjes bij: Kiara en Leen.

'Misschien heb je een cavia gezien?' probeert Leen voorzichtig.

'Een met een rattenstaart, zeker? Ik zie dat griezelige ding nog altijd bewegen. Het kriebelde zomaar langs haar gezicht.'

Stefanie herinnert zich plots een flard uit haar droom van de afgelopen nacht. De rat had een gat in de hals van haar moeder gebeten en gleed daarna als een slang weg in een holte van het parket.

Ze slikt iets weg en kijkt dan boos van Brian naar Dave en terug. Waarom komen die oelewappers haar niet te hulp? Tot haar tevredenheid merkt ze dat Dave dan eindelijk begint te knikken.

'Stefanie heeft gelijk. Het wás een rat!'

'Walgelijk', vindt Kiara. 'Zo'n beest zit ongetwijfeld vol microben. Straks wordt de hele klas nog ziek.'

Ze kijkt naar Hester, die een eind verder in haar eentje tegen de muur van de speelplaats leunt. Met haar zwarte kleren en haar onnatuurlijk bleke gelaatskleur lijkt ze er alles aan te doen om er zo onaantrekkelijk mogelijk uit te zien.

'Ben ik blij dat ze niet naast mij is komen zitten, gisteren', grijnst Brian. 'Misschien had ik me vandaag al een of andere rare ziekte op de hals gehaald.'

'Op de hals... zeg dat wel', smaalt Stefanie. In haar gedachten ziet ze de rat opnieuw tegen de hals van Hester bewegen.

Leen kijkt nogmaals naar het rare meisje tegen de muur.

'Misschien heeft die rat wel in haar nek gepist. Ik kom niet meer in haar buurt!'

'En haar huis is al even erg', zegt Brian.

'Stinkt het er ook zo?'

Stefanie haalt haar schouders op.

'We zijn er niet binnen geweest. We waren alle drie veel te verward! We zijn onmiddellijk doorgereden.'

'Maar ik ken het nog van vroeger', houdt Brian vol. 'Jaren geleden lag er al een rottende duif in de living. Sindsdien is er nooit iets aan gedaan. Daarbuiten is het al verschrikkelijk. Je moet niet vragen hoe het er vanbinnen uitziet.'

'Ik heb ook nog nieuws dat jullie zal interesseren', glundert Leen.

'Wat dan?'

'Mijn moeder kent Hesters vader.'

'O?'

'Echt! Ik had ma gisteren over die nieuwe verteld. Hester Van Gool, die naam deed bij haar direct een belletje rinkelen. "Ah, dat is de reden waarom ik meester Van Gool in het dorp ben tegengekomen!"'

'Meester?'

'Hesters vader is advocaat. Niet de eerste de beste, trouwens. Ma is nog cliënt bij hem geweest. Ze woonde toen in de stad. Hij heeft haar scheiding geregeld. Volgens ma had hij heel veel smaak. Hij hield van kunst. Zijn hele bureau stond vol dure, exotische dingen. Schilderijen, maar ook bronzen beelden en etsen... En hij had altijd een geweldige flair. Als ik niet beter wist, zou ik nog denken dat ma stiekem verliefd op hem was.'

Leen kijkt glunderend in het rond. Ze geniet van de verbazing op de gezichten van haar klasgenoten.

'Volgens haar was het echt een heel knappe man. Heel modieus, galant...'

'Was?' onderbreekt Stefanie vragend.

'Toen ma hem gisteren terugzag, herkende ze hem bijna niet meer. Hij had lang haar. Slordig en ongekamd. En hij droeg kleren die zo uit de vuilniszak konden komen. Maar omdat hij voor haar bij de kassa stond, herkende ze wel zijn stem.'

'Heeft ze met hem gepraat?'

'Hij leek heel afwezig. Hij was gestopt met zijn praktijk. Hij had verse lucht nodig. Daarom was hij samen met zijn dochter hier komen wonen.'

'Alleen met haar?' wil Stefanie weten.

Leen haalt haar schouders op.

'Meer weet ik ook niet. Hij had duidelijk geen zin in een gesprek. Mijn moeder heeft dus niet aangedrongen.'

'Raar!' vindt Kiara. 'Wie stopt er nu met een bloeiende advocatenpraktijk?'

'En wat doet hij in dat spookhuis?' vraagt Brian zich af. 'Hoe betaalt hij dat kot als hij niet meer werkt?'

'Met al zijn kunstwerken', oppert Dave. 'Als hij dan toch zo rijk was...'

'Dat is het nou juist!' vindt Brian. 'Wie rijk is gaat toch niet in een bouwval wonen? Die laat dat eerst restaureren voor hij er zelf intrekt. En dan loop je er toch niet zo bij!'

'Je stopt ook niet op het hoogtepunt van je carrière', vult Kiara aan. 'Ma vertelde dat hij ongeveer even oud was als zij. Een jaar of veertig, dus.'

Op dat ogenblik gaat de bel. Het is genoeg om Leen meteen weer in de harde werkelijkheid te doen belanden.

'Bwèèèk, biologie! Dissectie vandaag!'

In tegenstelling tot mevrouw Maes, de lerares biologie, die deze les al wekenlang als een hoogtepunt aankondigt, ziet ze er erg tegen op. Ze vindt het gruwelijk om dode beesten open te snijden.

'Als je flauwvalt, vang ik je wel op!' grapt Brian. Gek genoeg kijkt hij niet naar Leen, maar naar Stefanie. Nu ze gisteren interesse in Olaf vertoonde, heeft hij een nieuwe uitdaging in zijn leven gevonden.

Volgens mevrouw Maes bestaan leerlingen voor tachtig procent uit water en voor twintig procent uit onrust, die alleen met een verstikkende tucht in de hand kan worden gehouden. De Iron Lady in het hemelsblauwe mantelpakje met de opgevulde, hoekige schouders slaagt daarin als geen ander. Tijdens háár lessen worden er geen vliegtuigjes gevouwen, geen briefjes doorgegeven, geen tijdschriften of gsm's tevoorschijn gehaald.

Ook nu staat ze weer even zelfverzekerd achter de dissectietafel als altijd.

'We zullen dadelijk met de dissectie beginnen. Op mijn teken komen jullie in alle rust in een grote cirkel om me heen staan. Ik zal het beest opensnijden en de ingewanden er een voor een uithalen. Ik zal elk orgaan bij naam noemen en de functie ervan uitleggen. Jullie hoeven slechts twee dingen te doen: kijken en luisteren. Is dat duidelijk?'

Aarzelend gaat er een vinger de lucht in.

'Nee Leen, geen schrijfgerei!' blaft Maes nog voor het meisje haar vraag kan stellen. 'Alles staat in de tekst die ik op het einde van de les zal uitdelen. Het enige wat ik vraag is jullie aandacht.'

Geschrokken laat Leen haar vinger weer zakken. Ze knikt heel gespannen. Maes kan haar altijd zo afblaffen dat ze zich er heel klein door voelt.

'Mocht er iemand onwel worden, dan gaat hij of zij in alle stilte weer naar zijn plaats. En ik wil daar niemand kritiek op horen geven. Duidelijk?'

Ze kijkt spiedend de klas in. Met een glimlach tot achter zijn oren kijkt Brian haar aan. Haar stem krijgt meteen een nog hardere bijklank.

'Veeg die grijns maar van je gezicht, Brian, en zie dat je zelf overeind blijft. Ik heb al andere beren door hun knieën zien gaan!'

Brian trekt zijn gezicht in een ernstige plooi. In zijn meest sadistische gedachten ziet hij Maes stuiptrekkend op de dissectietafel liggen. *De dissectie van de biologiejuf. Op zoek naar haar galblaas.* Die zuurpruim moet vast een buitensporig groot exemplaar bezitten...

'O ja, nog een ding', vervolgt Maes op haar metalige toontje. 'Dierenactivisten hoeven zich niet onnodig druk te maken.

Het beest is al dood. Het voelt niks meer.'

Om haar woorden kracht bij te zetten, neemt ze uit een grote plastic zak die naast haar op de grond staat het dode konijn en kwakt het op de tafel.

'Als jullie nu dichterbij willen komen?'

Aarzelend komen de leerlingen tot vooraan in de klas. De meesten blijven op een eerbiedwaardige afstand staan.

'Dichterbij!' beveelt Maes. 'Konijnen bijten niet, vooral niet als ze al dood zijn.'

Ze schuifelen wat dichterbij. Stefanie let erop niet in Hesters buurt te komen. Misschien heeft Kiara wel gelijk en zit ze inderdaad vol microben.

Nieuwsgierig kijkt ze intussen naar het witte velletje en de verstarde blik in de rode oogjes van het konijn. Het doet haar nóg minder dan ze verwacht had. Als kind al haalde ze alle pluche uit de buik van haar knuffelbeer.

Wie het er kennelijk wel moeilijk mee heeft, is Hester. Die probeert zo weinig mogelijk naar het dode beest op de dissectietafel te kijken. Laat het haar misschien aan haar rat denken?

Mevrouw Maes trekt een lade open en haalt er een flinterdun maar vlijmscherp mesje uit. Zonder aarzelen zet ze het mes tegen de buik van het konijn.

'Nee!'

In een wilde beweging schiet Hester naar mevrouw Maes. Het volgende ogenblik heeft ze de Iron Lady bij de pols.

'Niet doen!'

Hester probeert het vlijmscherpe mes van tussen de gesloten vingers van de biologiejuf te trekken. Met alle kracht in haar kleine, pezige lijf rukt Maes zich los. Met haar schouder geeft

ze Hester zo'n geweldige duw dat die een heel eind achteruit-
vliegt en tegen Dave botst.

'Wat krijgen we nu?!'

Maes smijt het mes op tafel en kijkt Hester ziedend aan.

'Je beseft toch dat dit heel gevaarlijk is! Ik had je kunnen
verwonden! Of jij mij!''

Hester ziet nu zo mogelijk nog witter. Zelfs haar trillende
lippen lijken kleurloos geworden.

'Ik... Ik wil het niet...'

'Stel je niet aan!' blaft mevrouw Maes terug. 'Als je er niet
tegen kunt, ga je zitten.'

In een vloeiende beweging graait ze het mes weer van de tafel,
plant het in de buik van het konijn en rijt het met een grote
haal open. Het volgende ogenblik lijkt het of de buik
openploft. Een kleurenpalet van paars, rood en geel wordt
zichtbaar. Darmen vooral, maar ook andere ingewanden
puilen zomaar naar buiten.

Hester lijkt wel hysterisch geworden. Ze slaat haar handen
voor haar ogen en gilt het uit. In plaats van naar haar plaats
terug te keren, stormt ze in de richting van de deur.

'Hier blijven!'

Niemand die het in zijn hoofd haalt om Hester tegen te
houden. In stomme verbazing wijken de leerlingen opzij. Het
gaat ook allemaal veel te snel.

Maes gooit het mesje opnieuw op de tafel. Ze smijt het dit
keer zo hard neer dat het eerst opspringt en dan op de grond
belandt. Leen, die er nog altijd even gespannen bij loopt,
springt wat achteruit en slaakt een gilletje.

Maes duwt de leerlingen om haar heen opzij en stormt de
gang op, waar Hester intussen al verdwenen is.

'Terugkomen!' roept ze. 'Terugkomen, zeg ik!'

Hester hoort haar niet eens. Zonder op te kijken, stormt het meisje verder, verdwijnt achter de hoek van de gang.

Maes vergeet even dat ze zich nog tussen haar leerlingen bevindt en laat een vloek horen die vast niet in haar lesvoorbereiding stond.

Stefanie grijnst. Als die rattenkop zo blijft doen, zal het rap afgelopen zijn met haar schoolcarrière...

5

Pas als Hester bomen om zich heen ziet, realiseert ze zich
waar ze is en stopt ze met rennen. Haar hart bonkt tegen haar
ribben. Hoestend blijft ze staan en probeert haar gedachten te
ordenen, maar het beeld van de ingewanden die in een
kluwen uit de opengebarsten pels puilen, belet haar te
denken. Verderop zijn de stammen rood en druppelt er bloed
van de takken. In een flits ziet ze dat er overal opengereten
konijnen zijn opgehangen. Met een kreet rent ze verder,
struikelt over een grote wortel, belandt languit op de grond,
proeft zand in haar mond. Ze wil opstaan, maar blijft liggen.
Wat vertelde mama haar over zand?
Ze sluit haar ogen. Haar moeder staat, jaren jonger, in haar
met vlekken bezaaide tuinbroek naast de schilderezel en
wenkt haar. Als Hester dichterbij komt, ziet ze dat mama een
kluit aarde in haar hand heeft. Mama spuwt en spuwt erop en
knijpt er met al haar kracht in, waarna ze hem met heftige
bewegingen op een gigantisch doek openwrijft. Het levert een
grauw strepenspel op.
'Je moet alle boosheid en verdriet uitspuwen en in de grond
duwen. Dat helpt en het geeft voedsel aan de aarde.'
Hester opent haar ogen, veegt haar wangen droog en doet, na

een korte aarzeling, wat ze haar moeder zo vaak heeft zien doen. Ze spuwt en spuwt op de grond, duwt in haar eigen speeksel, probeert twee vingers in de harde aarde te duwen.

Als ze opkijkt, zijn de bloedende konijnen verdwenen. Het bos ziet er weer gewoon uit en haar hart klopt minder hevig. Een stekend gemis gaat door haar heen.

Andere moeders maakten chocolademelk en vroegen of je klaar was met je huiswerk. De hare gaf recepten tegen boosheid en bouwde feestjes bij vollemaan.

'Volhouden', zegt haar moeders stem in haar hoofd.

Weer spuwt ze op dezelfde plek in het zand, krauwt het speeksel in de veel te koude grond. Ze duwt zo hard dat het pijn doet aan haar vingers. Misschien krassen er half bevroren zandkorrels onder haar nagels. Maar ze geeft niet op, gaat door tot al het speeksel met het zand vermengd is.

Dan gaat ze op haar knieën zitten. Langzaam wordt haar hoofd weer helder. Het konijn... Met zijn witte vel en rode oogjes deed het beest haar aan Maarten denken. Stel je voor dat ze hem ook...

In een flits ziet ze ze zichzelf een touw aan een tak hangen, een knoop maken. Onzin! Ze schudt haar hoofd. Het konijn was dood. Het léék alleen maar alsof het haar met verwijtende oogjes aankeek.

Ze haalt diep adem, sluit haar ogen. Bloed druppelt op de badkamervloer. Het is niet van het konijn en het is niet van Maarten... Ze spert haar ogen open, spuwt opnieuw op de grond.

Viermaal, vijfmaal achter elkaar, waarna ze andermaal het speeksel driftig in de grond probeert te duwen.

Ik moet naar huis. Maarten... Ik moet weten of hij oké is.

Zonder zich nog een seconde te bezinnen, veert ze op, veegt

met de rug van haar hand het zand van haar mond en stormt in de richting van het huis.

Tot haar verwondering is ze eigenlijk vlakbij. Drie-, misschien vierhonderd meter verder duwt ze hijgend de deur open. Ze strompelt naar de kooi. Maarten is intussen tot aan het deurtje gekrabbeld. Ze neemt hem eruit, knijpt hem tegen zich aan, drukt haar neus tegen het zachte vel.

'Je snapt er niks van, hè? Ik dacht dat er jou iets verschrikkelijks was overkomen. Dat jij het was die...'

Na wat er met mama gebeurd is, loopt de angst met haar mee. Mee de trap af, mee naar school. Op de speelplaats staat hij naast haar tegen de muur en soms springt hij als een sluip- moordenaar op haar lijf.

Ze drukt Maarten nog steviger tegen zich aan en fluistert: 'Iedereen haat je, maar mama zou dol op je geweest zijn.'

Voor het eerst dringen de voorbije gebeurtenissen verrassend helder tot haar door. De dissectie van het konijn. Maes en het mes. Het gevecht. De vlucht...

Ze weet niet waar ze, voor ze in het bos belandde, heeft uitgehangen, proeft alleen een zure smaak in haar mond.

Zo probeer ik ook uit te wissen wat er met mama gebeurd is.

Soms lukt het haar wonderbaarlijk goed om het een tijdlang te vergeten, maar dan – meestal heel onverwacht – komt het opnieuw bovendrijven. Dan snoert de angst haar keel dicht en sluipt ze midden in de nacht naar papa's slaapkamer. Ze legt haar oor tegen de deur om te horen of hij nog wel ademt. Maarten kruipt naar haar schouder.

Lief diertje van me. Mama zou je ook uit haar mond hebben laten eten en in haar hals laten snuffelen. Zou je dan geroken hebben wat ze van plan was?

Het is niet onmogelijk. Haar moeder heeft ooit verteld dat termieten hun nesten altijd net wat hoger bouwen dan het niveau van de volgende overstroming. Beesten voelen wat er te gebeuren staat. Ze ruiken de dood.

Haar moeder wist alles van termieten. Ze wist ook alles van wormen en kevers en spektorren en doodgravers. Ze kon minutenlang aandachtig hun gang volgen over molshopen, naar de top van een grashalm en dan weer naar beneden, de grond in.

Haar adem stokt. Ze schudt haar hoofd en wil naar het raam, maar de hoge muren komen op haar af. Met ingehouden adem zakt ze neer en drukt Maartens warme velletje tegen haar wang. Minuten later pas staat ze op en schuifelt naar buiten. Ze ziet de rijzige gestalte met de smalle taille in de deur van het atelier. Als altijd heeft haar moeder een sigaret tussen haar lange, witte vingers.

'Mama?'

Het beeld lost op.

Met een driftig gebaar veegt Hester haar wangen droog en recht haar rug. *Je moet sterk blijven voor papa.*

Zonder te weten waar naartoe, draait ze het huis de rug toe en loopt het bos in. De geur van vochtige aarde maakt haar wat rustiger.

Ze daalt modderige paadjes af die zo smal zijn dat niemand haar kan passeren. Het volgende ogenblik klimt ze weer naar boven.

Al gauw weet ze niet meer waar ze is. Dat maakt haar niet bang. Integendeel. Ze wil ergens heen waar ze nog nooit is geweest, iets meemaken wat ze nog nooit heeft meegemaakt. Ze wil in een konijnenhol verdwijnen en in de onbezorgde zomer van het vorige jaar wakker worden. Ze wil haar moeder weer zien leven, ze wil haar klei zien kwakken op een groot wit doek en ze wil dat mama haar knuffelt. Ze wil vooral niet denken aan wat er op school gebeurd is en hoe het nu verder moet met mevrouw Maes, die vast razend is omdat Hester al haar bevelen genegeerd heeft.

Ze verlaat het smalle pad en ploetert dwars door het bos. Soms zakt ze tot aan haar enkels in de slijkerige grond. Dan hoort ze hoe de modder haar schoenen van haar voeten probeert te zuigen.

De bomen staan nu heel dicht op elkaar. In het schuin neervallende licht tussen de groene stammen lijkt er elk moment iets te kunnen verschijnen.

Hester blijft staan en loopt dan langzamer verder. Haar gedachten gaan terug naar een verhaal dat haar moeder haar heel lang geleden vertelde. Het ging over een jongen die in de bomen ging wonen. Alle mensen die hem kenden, stonden beneden aan de voet van de hoogste boom en riepen: 'Kom nu toch, kom weer naar ons!' Maar hij bleef zitten waar hij zat, gewoon, omdat hij daar gelukkig was.

Ze kijkt naar een boom, vlak bij haar. In tegenstelling tot de andere bomen heeft hij takken die veel lager komen. Even voelt ze de neiging om in de kale kruin te klimmen. Misschien wil ze wel, net als die jongen, voor altijd in de bomen verdwijnen. Ver weg van mevrouw Maes en van de leerlingen uit haar klas. Maar ze heeft de kracht niet om naar de laagste tak te springen.

De zon zakt intussen dieper weg en de schaduwen worden langer. Het wordt kil en schemerig in het bos. Hester loopt nu wat sneller. Ze hoort hoe, in haar arm, Maarten onrustig

begint te piepen. Voelt hij dat er iets staat te gebeuren of
knijpt ze hem gewoon wat te hard?

Met een schok blijft ze staan. In de verte ziet ze een gebogen
schim, half verscholen achter een struik. Hij draagt iets in zijn
armen. Als ze dichterbij komt, herkent ze met een kreet van
verbazing haar vader. Wat doet die hier? Zonder er verder over
na te denken, roept ze zijn naam.

Hij blijft even voorovergebogen staan, draait zich dan om en
komt glimlachend en met lege armen naar haar toe. Hij draagt
mama's gevlekte tuinbroek, stelt Hester vast. Waarom draagt
hij in godsnaam haar kleren?!

Ze wil naar de struik, kijken wat hij daarachter op de grond
heeft geworpen, maar papa is ongewoon hartelijk.

'Hé, Hester... Jij hier?'

Hoewel hij haar de laatste tijd veel te weinig knuffelt, slaat hij
een arm om haar schouder en trekt haar dicht tegen zich aan.
Een aftershave van bladeren en dennenappels, veel beter dan
wat je in de winkel kunt krijgen.

'Is het al zo laat?'

'Een zieke leraar. We mochten een uurtje eerder naar huis.'

Hij blijft haar schouder vasthouden, dirigeert haar langzaam
maar zeker de andere richting uit.

'Tof dat ik je zie. Dan kunnen we samen terugkeren. Dadelijk
is het al donker.'

Hoewel ze nog maar pas in de buurt wonen, kent hij het bos al
door en door. In geen tijd staan ze samen op een bospad.

Nu de bomen minder dicht op elkaar staan, kan ze papa beter
bekijken. Ondanks de kou die uit de grond opstijgt, draagt hij
geen trui of jas. Enkel een houthakkershemd waarvan de
mouwen opgestroopt zijn.

'Je armen! Je zit helemaal onder de schrammen! Wat is er gebeurd?'

Haar stem klinkt schril. In een flits ziet ze weer het vlijmscherpe dissectiemes door het konijnenvel snijden.

'Geschramd. Een struik. Kom mee, ik moet je wat laten zien.'

Hij stapt nu zo snel dat ze hem, met Maarten tegen zich aan gedrukt, nauwelijks kan bijhouden. Ze raakt buiten adem en kan niet praten. Na een tijd komen ze bij een warrige hoop grond met vijf uitgegraven holen.

'Een dassenburcht!'

Hester heeft enkel dassen gezien die aan de kapstok hingen. Vroeger, toen alles anders was, droeg papa die wel eens. Het dier kent ze alleen van plaatjes. Ze heeft er geen idee van hoe zo'n beest woont en hoe je zijn schuilplaats noemt. En ze begrijpt nog minder papa's overdreven interesse voor dassenburchten. Ze gaat pal voor hem staan.

'Je hebt ook een schram op je voorhoofd. Wat is er gebeurd?'

Hij ontwijkt haar blik. 'Ik zeg het je toch. Geschramd aan een struik. Niks om je zorgen over te maken.'

'Wat liep je daar in het bos te doen?' houdt Hester vol.

'Heb je nog van die lekkere lasagne in huis? Die zou wel smaken.'

Gedurende de rest van de tocht lopen ze zwijgend zij aan zij. De hele tijd denkt Hester aan het dassenhol en aan de lasagne. Papa, de dieren- én de lasagnevriend! En zeggen dat hij zelfs vergeet Maarten eten te geven. Het zijn zulke stomme en doorzichtige smoesjes dat ze er heel luid en bevrijdend om zou willen lachen. Maar de vele krassen op papa's armen doen vermoeden dat het allemaal niet zo grappig is.

In de woonkamer is het koud, zo koud zelfs dat papa zijn jasje aanschiet. De wereld op zijn kop. Waarom heeft hij geen hout gezocht toen hij daarstraks in het bos liep rond te dolen? Hester doet Maarten in zijn kooi. Het dier is blij dat het eindelijk weer in zijn vertrouwde omgeving is en zoekt direct een warm plaatsje.

'Ik ga mijn huiswerk maken.'

Ze doet het expres. Ze wil nu liever geen keukenmeid spelen, niet nu papa dingen voor haar verzwijgt. Ze wil haar rugzak pakken, maar bedenkt dan dat ze die op school heeft achtergelaten. Ze gaat naar boven en kijkt een tijdlang door het raam. Ze houdt van het ogenblik waarop de dag overgaat in de nacht. Ze voelt zich dan altijd heel klein en minder opstandig.

Pas als het buiten stikdonker is, gaat ze naar beneden. Papa zit in de fauteuil met zijn jasje aan. Hij werkt een restje koude lasagne naar binnen. Naast hem op de grond staat een fles witte wijn. Geen glas vandaag. In plaats van er een opmerking over te maken, loopt Hester naar de keuken om een blik spaghettisaus op te warmen. Als ze ermee in de woonkamer komt, heeft hij het schaaltje lasagne al leeggelepeld.

'Dank je, het was lekker.'

Ze hoort geen ironie in zijn stem. Toch kan ze nauwelijks geloven dat hij het meent.

Hij zet het lege schaaltje op tafel en neemt de fles wijn.

'Ik ga naar het atelier. Ik weet niet hoe laat het wordt. Je hoeft niet op te blijven.'

Het verlangen om met iemand te praten, is nu zo sterk dat ze de opgewarmde spaghettisaus niet eens aanraakt. In plaats daarvan graait ze de kooi van de kast en stormt de trap op.

Lieve, liefste mama,

Het was een afschuwelijke dag. De juf van biologie wilde een konijn dissecteren. Die dode, rode oogjes van dat konijn keken me de hele tijd beschuldigend aan. Ik moest aan Maarten denken en aan jou. We maakten niet vaak ruzie, mama, maar als we ruzie hadden, kon jij me ook zo intriest bekijken. Weet je nog die keer toen ik niet naar die schoolfuif mocht? Ik wilde het hele huis wel afbreken en jij keek alleen maar, met van die ogen die mijn hele ziel blootlegden. Vaak vraag ik me af of je daarom van mij bent weggegaan. Wegens die ruzie, bedoel ik. Tegelijk weet ik dat dat de reden niet kan zijn. Moeders verdwijnen niet uit het leven van hun dochters om zo'n stomme reden. MAAR WAAROM DAN WEL?

Zet ik een bord in de kast dan vraag ik het me af, stap ik naar school dan denk ik eraan en zelfs als ik Maarten streel en me wijsmaak dat ik gelukkig ben, spookt die vraag nog door mijn hoofd. Ook 's nachts droom ik ervan. Dan loop je in mijn droom voor me uit en tik ik je op je schouder. En als je je omdraait, dan vraag ik het: 'Waarom, mama? Waarom?'

Terug naar dat dode konijn. Ik heb iets heel stoms gedaan, mama. Ik heb me op die juf van biologie gestort. Ik heb dat mes uit haar hand proberen te trekken en we hebben gevochten. Daarna ben ik op de loop gegaan en weet ik niets meer. Raar hoor, zo'n enorme put in je geheugen. In de sterrenkunde zouden ze zoiets vast een zwart gat noemen. Iets in mijn hoofd dat alles naar zich toe zuigt, zodat geen enkele gedachte nog kan ontsnappen.

Toen ik weer een beetje tot mezelf kwam, was ik dicht bij huis. Ik had een zure smaak in mijn mond, net alsof ik had moeten kotsen en misschien was dat ook wel zo. Ik heb Maarten erbij gehaald en

samen zijn we door het bos gaan dolen. Daar trof ik papa aan.
Zijn armen zaten onder de schrammen en hij wilde niet vertellen
hoe hij die had opgelopen. Onwillekeurig dacht ik aan Marleen.
Je kent haar toch nog, mama? Ze zat vorig jaar bij mij op school
en kraste voortdurend met een scheermesje in haar armen.
Allemaal rechte lijntjes onder elkaar. Als een gevangene die
streepjes op de muur van zijn cel zet om de dagen af te tellen. We
noemden haar weleens Billy the Kid. Die kraste een streepje in de
loop van zijn pistool voor iedere mens die hij had gedood. Bij
Marleen was het anders. Zij zette een kras in haar arm voor
iedereen die haar pijn had gedaan.

Toch waren de krassen op papa's armen heel anders dan die van
Marleen. Er zat geen systeem achter. Het was allemaal veel
chaotischer, net als papa zelf de laatste tijd. Hij dendert maar
door en ik weet niet waar hij naartoe gaat. Vorige nacht ook
weer... Toen ik opstond om te gaan plassen, zag ik het licht in het
atelier nog branden. Ik keek naar mijn wekkertje en het was toen
al halfdrie. Ik dacht dat hij het licht per ongeluk aan had gelaten,
maar toen zag ik vaag zijn schaduw achter dat melkwitte glas
bewegen. Vraag me niet wat hij op dat uur nog in het atelier liep
te doen, mama. Ik weet het niet.

Ook voor de rest doet hij heel raar. Toen ik hem vanmiddag in het
bos half voorovergebogen achter die struik zag staan, had hij iets
in zijn armen. Iets groots, het leek wel een baal stro of zo. Maar
toen hij achter die struik vandaan kwam, was het er niet meer.
En hij bedacht smoesjes, zodat ik niet zou gaan kijken.

Hij vergeet dat jouw nieuwsgierigheid in mijn genen zit, mama.
Straks, als deze brief af is, ga ik op zoek naar de plaats waar ik
papa gezien heb. Misschien vind ik daar wat hij voor mij probeert
te verbergen en word ik eindelijk wat wijzer.

Maar eerst wil ik je nog geruststellen dat ik hem niets verteld heb over wat er op school gebeurd is. Ik wil hem niet nog meer overstuur maken dan hij al is. Ik beloof je goed voor hem te zorgen, mama, al is dat ook niet altijd even makkelijk en heb ik hem daarnet koude lasagne te eten gegeven. Hoewel... Misschien moet ik me niet schuldig voelen, want het is vooral zijn eigen fout. Hij kan die lasagne toch zelf even in de magnetron zetten, net zoals hij de dozen die nog altijd in huis rondslingeren had kunnen leegmaken...

Zelf heb ik er de fut niet voor. Na wat er met jou gebeurd is, wil ik alle bloed uit mijn leven bannen. Zelfs de kleinste schram in papa's arm is me al te veel.

Gek genoeg lukt dat wonderwel. Het bloed kan ik verdringen. Het komt niet meer. Gewoon. Zomaar. Ik mis het ook niet. Ik vind het goed zoals het is, maar heb het nog aan niemand durven te vertellen. Jij bent de eerste die het hoort.

Vanavond is er geen maan te zien. Het is stikdonker buiten. Toch ga ik in het bos op zoek naar papa's geheim. Ik mis je heel erg. Tot morgen.

Hester

Ze sluit haar dagboek, geeft hem een kus en stopt hem weer in de lade van het tafeltje. Ze hoopt dat papa het schriftje nooit zal vinden. Nou ja, die kans is klein. Hij heeft het veel te druk met zichzelf.

Ze laat Maarten waar hij is en gaat de trap af. In de woonkamer plakt ze snel een boodschap op het deksel van de suikerpot.

Nog even een frisse neus gaan halen,
Hester

Dan gaat ze op zoek naar haar zaklantaarn. Dat is niet eenvoudig. Er staan veel te veel dozen tegen de beschimmelde muren. Als ze hem eindelijk vindt, blijken de batterijen leeg. Gelukkig heeft Hester in een van de dozen een paar nieuwe gezien. Ze vervangt de oude batterijen door nieuwe en gespt de zaklantaarn rond haar hoofd. Makkelijk, op die manier houdt ze haar armen vrij. Je weet nooit waar dat goed voor is. Buiten is het nog kouder geworden. Het lijkt of de vorst nu uit de grond opstijgt, of hij met koude handen naar haar enkels graait. Het is ook veel mistiger dan de vorige avond.

De eerste meters zijn gemakkelijk. Er staan niet veel bomen en Hester loopt nog in het licht dat uit het atelier naar buiten valt. Maar al na de eerste bocht wordt alles anders en komen schaduwen tot leven. Hoewel ze vol moed aan haar tocht begint, blijft ze soms geschrokken staan. Dan richt ze haar cyclopenoog op de plaats waar ze onraad vermoedt. Keer op keer is het vals alarm.

Hoewel ze de weg die ze vanmiddag met papa gelopen heeft goed in haar hoofd heeft geprent, begint ze al snel te twijfelen. *Moet ik hier al naar links? Nee, dat kan niet. Het is nog verder.* Stel je voor dat ze verdwaalt en de nacht in het bos moet doorbrengen. Zou papa in dat geval naar haar op zoek gaan? Of is hij zo moe en zo dronken dat hij meteen in zijn bed kruipt? Wanneer zal hij haar verdwijning dan ontdekken? 's Ochtends slaapt hij nog als zij naar school vertrekt en als ze 's avonds thuiskomt, is hij er ook al niet... Zijn mobieltje heeft hij kort na mama's dood in de vuilnisbak gegooid.

Het is kil tussen de bomen en de grond ruikt vochtig. Bij elke stap bewegen de zwarte stammen mee in het gelige licht van de lamp. Struiken lijken op dicht tegen elkaar geplakte vrouwen met wijde rokken. Hoewel ze weet dat het geritsel tussen hun benen van een veldmuis of vogel komt, doet het keer op keer haar hart wat sneller kloppen. Enerverender nog is het gezucht en gekraak van de bomen. Komt het misschien omdat ze de hele hemel op hun schouders moeten dragen? Wat verder klinkt een klaaglijke schreeuw. Een uil? Hester weet het niet. Ze heeft altijd in de stad gewoond. In haar kamer hing constant een geruis: het verkeer dat in de verte over de snelweg reed.

Onwillekeurig denkt ze aan de schreeuw die haar de vorige avond zo overstuur heeft gemaakt. *Rattenkop...* Stel je voor dat die etters terugkomen om...

Om wat te doen?

Ze heeft er geen idee van. Ze weet alleen dat mensen wreed kunnen zijn als ze dingen niet kunnen duiden. 'Ze zijn vooral bang voor hun eigen verwarring', zei mama. 'Mensen zoeken soortgenoten op, die er precies hetzelfde over denken als zij. Samen zijn ze sterk.' Mama wist waarover zij het had. Als kunstenares was zij ook een buitenbeentje.

Als Hester op haar horloge kijkt, is ze al meer dan een halfuur onderweg. Toch loopt ze nog altijd over het bospad.

Dat kan niet. Ik had allang een zijweg moeten nemen.

Ze holt terug, van de ene boom naar de andere. *Hier was het toch? Nee, nog wat verderop. Dáár. Nee, dáár.*

Hoe Hester ook zoekt, behalve een leeg colablikje met een verkleurd etiket vindt ze niets.

Uiteindelijk besluit ze om terug te keren.

Als ze bij het huis komt, is het licht in het atelier al uit. Ook beneden is alles donker. Enkel in papa's slaapkamer brandt een flauw lichtschijnsel.

Ze sluipt het donkere huis in, knipt het licht aan en kijkt naar de tafel. Het deksel van de suikerpot ligt onaangeroerd op tafel. *Papa heeft mijn boodschap niet eens gezien,* weet Hester. Ze wil op haar beurt naar boven gaan, maar ziet dan zijn jasje. Met de hem kenmerkende slordigheid heeft papa het als een vod in de fauteuil gegooid.

Even twijfelt ze.

De sleutel van het atelier. Misschien steekt die in dat jasje?

Het volgende ogenblik is ze al bij de fauteuil. Ze voelt in een van de zakken. Niets. In de andere voelt ze iets kouds. Een sleutelhanger... De sleutel...

Ze is zo zenuwachtig dat ze over haar hele lichaam begint te trillen.

Zou ze...

Natuurlijk, dit is haar kans!

Ze ademt diep in en loopt met de sleutel in haar hand weer naar buiten. Het atelier. Het slot. Ze knipt de zaklantaarn die ze nog altijd om haar hoofd draagt weer aan. Ondanks haar bevende hand zou ze de sleutel perfect in het slot kunnen steken.

Zou kunnen...

Een plotselinge angst bekruipt haar. Wat zal ze achter de gesloten deur van het atelier vinden? Een paar maanden geleden stond ze ook voor een gesloten deur. De badkamer. Ze bijt nu zo hard op haar lip dat ze bloed proeft.

Bloed!

Nee, ze wil dit niet nog eens meemaken. Ze schudt haar

hoofd, snelt weer naar de woonkamer, propt de sleutel in papa's jaszak. Ook al heeft ze de deur niet opengemaakt, toch staat ze te trillen op haar benen.

Snel en geruisloos ijlt ze de trap op.

Papa! Er zal hem toch niets overkomen zijn?

Op de overloop blijft ze staan. Er brandt nog altijd een flauw schijnsel. Ze kan toch niet zomaar zijn kamer binnenlopen? Dochters doen zoiets niet.

Ze drukt haar oor tegen de deur. Ze hoort een zacht snurkend geluid. Dat stelt haar gerust.

Nog even blijft ze besluiteloos staan. Dan gaat ze naar haar kamer. Hoewel ze het licht niet aandoet, hoort ze Maarten schuifelen in zijn kooi. Ze doet enkel haar jas uit. Met haar kleren aan gaat ze op de matras liggen en trekt de donsdeken over haar hoofd.

6

Als Hester wakker wordt, kijkt ze meteen naar het horloge om haar pols. In het schemerige licht ziet ze de fluorescerende wijzers. Zeven uur. Raar toch. Soms lijkt het alsof ze een ingebouwde wekker heeft, die haar keer op keer op het juiste ogenblik wakker laat worden.

Zodra ze overeind komt, is er een zeurderig gevoel in haar hoofd. Toch heeft ze geen echte hoofdpijn. Ze doet geen moeite om zich haar dromen te herinneren. Waarom zou ze ook? Ze wordt er vast niet vrolijker van.

Gelukkig is Maarten er. Hij is er altijd. Ze haalt hem uit zijn kooi en zet hem op haar schouder. Naar vaste gewoonte begint hij meteen in haar haar te snuffelen. Dat doet haar goed. Als kind al vond ze het zalig om door het haar gestreeld te worden. Hoewel haar kleren muf ruiken, trekt ze geen andere aan. Veel te omslachtig om nu in de dozen te moeten gaan rommelen. In plaats daarvan haalt ze haar dagboek uit de tafellade.

Lieve, liefste mama,

Mijn zoektocht gisteren is op niets uitgelopen. Ik heb de plek waar ik papa gezien had niet teruggevonden. Stom, hè. Toch

moet ik mezelf ook maar niet té veel verwijten maken. Ik heb
geprobeerd wat ik kon. 's Nachts lijken alle bomen op elkaar.
Misschien moet ik het straks opnieuw proberen. Overdag lukt het
vast wel om die plaats te vinden. Dan heb ik meteen ook een
reden om niet naar school te hoeven... Ja, ik weet dat je dat niet
graag hoort, maar wees eerlijk... Daar wacht me alleen maar een
hoop miserie. Maes is vast nog in alle staten en die pestkoppen in
mijn klas zullen me maar wát graag op mijn bek zien gaan.
Anderzijds weet ik natuurlijk dat spijbelen ook geen oplossing is.
In dat geval zal de directeur papa op de hoogte brengen. Na mijn
vlucht van gisteren heeft hij dat misschien al geprobeerd. Gelukkig
heeft papa zijn mobieltje weggegooid en is hij niet te bereiken.
Ik ben er dus nog niet uit wat ik zal doen. Ik zie wel.
Een dikke kus en tot straks.

Hester

Met Maarten nog altijd op haar schouder staat ze voorzichtig
op. Ze doet haar dagboek dicht en wil die in de tafellade leggen.
Dan bedenkt ze zich. Papa mag haar diepste zielenroerselen
niet vinden. Ze vouwt het schriftje dubbel en steekt het in de
binnenzak van haar korte jasje, dat over een stoel hangt.
Voor ze Maarten weer in zijn kooi zet, drukt ze hem eerst heel
dicht tegen zich aan. Ze snuift zijn geur op. Hij ruikt naar rat,
niet naar mens. Dat vindt ze wel fijn.

Tot haar verbazing is haar vader al op. Hij ziet er wat verfom-
faaid uit. Hij heeft een kop zwarte koffie in zijn handen.
Misschien wil hij daar zijn handen mee verwarmen. Het is nog
altijd even koud in huis. Hester gaat tegenover hem zitten.

'Je ziet er slecht uit.'

Hij schrikt op.

'Jij ook. Moet je niet ontbijten?'

'En jij?'

'Geen zin. En jij?'

'Geen tijd.'

Nonsens, natuurlijk. Ondanks de boodschap in haar dagboek heeft ze nog zeeën van tijd. Ze hoeft pas om halfnegen op school te zijn. Hoewel ze gisteravond niet gegeten heeft, heeft ze geen honger. Ze heeft nooit honger, de laatste tijd.

Papa kijkt haar aan met een mengeling van verwijten en bezorgdheid.

'Zet dan op zijn minst een kopje thee.'

Ze meent even zijn ranzige adem te ruiken. Zo ruikt hij altijd als hij gedronken heeft.

'Ik zeg het toch: geen tijd.'

Ze staat op. Papa schudt zijn hoofd.

'Morgen maak ik voor ons beiden spek met eieren.'

Ze knikt, al weet ze dat er niks van komt. Ondanks de ranzige geur geeft ze hem een kus op zijn wang.

'Ik moet ervandoor. Ga je weer naar het bos?'

'Waarom denk je anders dat ik zo vroeg ben opgestaan?'

Hij staat op zijn beurt op en nipt eens van zijn hete koffie.

Ze kijkt hem verward aan. *Wil hij nu al vertrekken? Wat is er toch in dat bos dat zo belangrijk is? Wil hij de sporen van hun ontmoeting uitwissen?*

Meteen beseft ze dat haar hele plannetje in duigen valt. Als papa nu al naar het bos vertrekt, kan zij er beter wegblijven. Hij zou haar veel te veel vragen stellen.

Ze knoopt haar jasje dicht.

Even overweegt ze om hem te vragen wat hij in het bos gaat doen, maar als ze ziet hoe het kopje in zijn hand trilt, ziet ze ervan af.

'Tot vanavond dan.'

'Tot vanavond.'

'Kijk haar *frakske*... Nu snap ik pas waarom dat konijn gisteren absoluut onder het mes moest! Ze had een extra pelsje nodig.'

Vanuit haar vaste hoek wijst Stefanie naar mevrouw Maes, die deze ochtend toezicht houdt. Vanwege de kou draagt haar lerares biologie een bontjas. Of doet ze het alleen maar om de leerlingen te provoceren?

'Als je 't mij vraagt, is ze naar iemand op zoek', glimlacht Brian.

'Hester?' probeert Dave.

'Wie anders?' spot Stefanie. 'Of dacht je misschien dat Maes al vergeten is wat er gisteren gebeurde?'

'Met Hester is het goed fout', vindt Brian. 'Ik heb dat vanaf het eerste ogenblik gezien.'

'Omdat ze niet naast jou kwam zitten?'

'Daarom niet! Ik zag iets in haar ogen. Mensen in de psychiatrie hebben soms dezelfde blik. Een soort waanzin.'

'Ze moet knettergek zijn', knikt Stefanie nu ook. 'Heb je trouwens haar gezicht gezien? Zo wit! Net alsof ze daar zelf op die dissectietafel lag!'

'Spijtig dat de directeur gisteren op conferentie was', vindt Brian. 'Anders had die zaak al meteen een konijnenstaartje kunnen krijgen.'

'Benieuwd of Hester vandaag komt opdagen', vraagt Stefanie

zich af. 'Volgens mij heeft ze zo de bibber in haar benen dat we haar hier niet meer terugzien.'

Ze twijfelt even of ze ook zal vertellen dat ze Hesters paarse rugzakje stiekem mee naar huis heeft genomen en vanochtend snel weer in de biologieklas heeft teruggezet, maar besluit dan om erover te zwijgen.

Ze weet zelf niet goed waarom ze dat heeft gedaan. Misschien was ze op zoek naar iets wat ze tegen de nieuwe zou kunnen gebruiken.

Tot haar ontgoocheling zat er alleen maar wat rommel in. Lege schriften, een agenda die ze intussen op het secretariaat gekregen had, een pennenzak, een vuile zakdoek... Eerst was ze nog geschrokken omdat ze dacht dat er bloedvlekken op zaten, maar toen zag ze dat het de rode inkt van de tafel was.

'Kijk daar eens!' laat Dave haar dan uit haar gedachten opschrikken. Hij wijst naar een punt achter Stefanies rug.

'Hester! Ze is toch gekomen', zegt Brian met een zweem van bewondering in zijn stem.

'Dat had ik niet verwacht', geeft Stefanie toe.

Ze ziet hoe het meisje de speelplaats oversteekt, op weg naar de muur waar ze altijd staat. Maar dat is buiten mevrouw Maes gerekend. Zij heeft Hester op haar beurt opgemerkt en stoomt in rechte lijn op haar toe.

'O-oo!' fluistert Dave terwijl hij veelbetekenend met zijn ogen rolt.

'Vuurwerk!' grinnikt Brian. 'En dat al zo vroeg op de ochtend!'

Stefanie vindt het jammer dat ze nu niet wat dichterbij staat, zodat ze het gesprek kan volgen. Ze ziet hoe Maes enkele woorden tot Hester richt en hoe het meisje dan gedwee voor haar uit begint te lopen in de richting van het kantoor van de directeur. Op haar hoge hakjes en met haar ongetwijfeld heel dure bontmantel tiktakt Maes haar bazig en kordaat achterna.

'Ik wou dat ik nu een vlieg was', grinnikt Brian.

'Een strontvlieg', knipoogt Dave. 'Dat zou iets voor jou zijn!'

'Hier is ze dan,' zegt Maes, terwijl ze de deur achter Hesters rug dichttrekt, 'onze vluchteling!'

De directeur, die achter zijn bureau een nota zit te lezen, kijkt verstoord op. Hij schuift de glazen schaal waarin een paar drijfkaarsjes dobberen – een cadeau van zijn collega's vorig jaar – opzij. Over zijn brillenglazen heen kijkt hij Hester onderzoekend aan.

'Ga zitten', wijst hij dan op de twee stoelen die recht tegenover hem staan.

Hester kijkt onzeker naar mevrouw Maes. Misschien is het onbeleefd om als eerste plaats te nemen? Maes wijst op haar beurt naar de stoelen. Zelf verkiest ze te blijven staan. Het kan nooit kwaad om neer te kijken op lastige leerlingen.

Met knikkende knieën gehoorzaamt Hester. Haar benen voelen plotseling heel slap. Komt het misschien door de warmte in het kamertje? Ze knoopt haar jasje wat losser, ziet het dagboek in haar binnenzak, knoopt het jasje weer dicht.

'Nooit gedacht dat wij elkaar zo snel weer zouden spreken', glimlacht de directeur een beetje triest.

Hester voelt hoe haar hart sneller begint te roffelen. Hoewel ze deze situatie natuurlijk verwacht had, doet het haar veel meer dan ze had kunnen vermoeden. Nauwelijks twee dagen geleden zat ze voor het eerst oog in oog met de directeur. Hij leek haar best een geschikte man. Ondanks haar opvallende verschijning maakte hij geen enkele opmerking over haar uiterlijk. Waarom zou hij ook? Hester was altijd een voorbeeldige leerling geweest, dat bleek overduidelijk uit de oude rapporten die ze voor hem had meegebracht. Ze had nooit problemen op school gekend. Pas sinds ze alleen met papa woonde, was ze zich heel opvallend gaan kleden. Waarom ze dat deed, wist ze zelf eigenlijk ook niet.

'Vertel me eens. Wat is er gisteren nu precies gebeurd?' gaat de directeur intussen op rustige toon verder.

'Ik zei het u toch!' stuift Maes op. 'Ze probeerde het dissectiemes uit mijn handen te trekken! En toen ik daarover een opmerking maakte, ging ze er zomaar vandoor.'

'Dat hebt u me vanmorgen vroeg aan de schoolpoort al verteld', glimlacht de directeur minzaam. 'Ik had het graag van Hester zelf gehoord.'

Hij neemt zijn bril nu van zijn neus en kijkt haar aandachtig aan. Hoewel hij zachte ogen heeft, voelt Hester zich hoe langer hoe slechter. Waarom is het ook zo verdomd heet in dat kantoortje? Ze kijkt naar de ramen, die ze zou willen opentrekken. Ze voelt zich misselijk. Misschien had ze vanmorgen toch beter een beetje gegeten?

'Wel? We wachten...' haalt de harde stem van Maes haar dan uit haar gedachten. Ze loopt tot bij het raam en kijkt naar de leerlingen op de speelplaats. Misschien wil ze de directeur wel laten zien hoe plichtsbewust ze is. Zelfs vanuit zijn kantoor staat ze nog altijd toezicht te houden.

'Ik kan begrijpen dat zo'n dissectie je ding niet is', glimlacht de directeur dan. 'Ik herinner me dat nog van toen ik zelf op school zat. Je verwacht het misschien niet, maar ik moest toen ook even gaan zitten. Maar ik ben niet beginnen te vechten en ik ben ook niet de klas uitgelopen...'

Hester knikt. Ze zou zoveel willen zeggen, maar ze kan het niet. Haar keel lijkt dichtgesnoerd en haar mond is kurkdroog. In haar hoofd is er een raar gebons.

'Ik... Ik ben ziek...' krijgt ze er dan toch eindelijk uit.

'En ik word ziek!' blaft Maes terug. 'Van jou. Ik verwacht hoe dan ook dat je volgende week op je toets alle organen bij naam kent en hun functie kunt aanduiden. Begin al maar te oefenen: lever, nieren, darmen...'

Door die woorden ziet Hester het konijn plots weer op de tafel liggen. Een werveling van ingewanden. Ze kijkt in paniek om zich heen, knijpt haar ogen toe. In een flits ziet ze haar moeder met eindeloos witte benen op de tegels van de badkamervloer liggen. Haar maag keert zich binnenstebuiten. Ze slaat haar handen voor haar mond. Even vreest ze dat alles op haar schoot terecht zal komen, dan ziet ze...

De schaal met drijfkaarsjes!

Ze graait die naar zich toe, duwt haar hoofd bijna tot in het water. Het volgende ogenblik spuit het er uit. Het braaksel gulpt met zo'n kracht in het water dat het ervan opspat en de directeur verschrikt achteruitdeinst.

Waar komt dit vandaan? Ik heb vanmorgen niet eens gegeten, is het eerste wat ze denkt.

Dan komt er een tweede geut naar boven. En een derde.

Mevrouw Maes schudt ongelovig haar hoofd. Alsof het allemaal niet tot haar doordringt.

'Gaat het?' vraagt de directeur dan.

Met ogen die nu zelf als drijfkaarsjes in hun kassen dobberen, kijkt Hester hem aan.

'Sorry', is het enige wat ze eruit krijgt. 'Sorry.'
'Ik zal je naar het ziekenkamertje laten brengen. Dat lijkt me het beste.'

'Volgens mij zien we Hester nooit meer terug', glimlacht Stefanie wreedaardig. 'De directeur heeft haar vast van school gestuurd!'
'Dat is overdreven', zegt Leen onverwacht. 'Dat verdient ze nu ook weer niet.'
Het is intussen al tien over elf geworden. De leerlingen van 4A hebben er net een saai uur wiskunde op zitten en wachten op meneer De Bruyn en Olaf. Stefanie zit boven op haar tafel. Op die manier heeft ze een goed overzicht.
'Typisch,' smaalt Leen, die van de leswisseling gebruik maakt om uitvoerig haar nagels te lakken, 'als iemand vervelend doet, dan stuur je die maar weg. Hoe minder lastposten, hoe meer vreugd!'
'Wat had je dan gewild?' reageert Ruben verontwaardigd. Met zijn ronde harrypotterbrilletje lijkt hij voorbestemd om voor eeuwig de slimste van de klas te zijn. 'Wat zou jíj doen als je door zo'n griet wordt aangevallen?'
'Een veeg op haar bakkes!' grijnst Brian.
Het komt er zo laconiek uit dat zowat iedereen erom moet lachen. Maar het volgende ogenblik...
'Hester?' roept Dave stomverbaasd uit.
'Ekster!' echoot Brian. Iedereen is zo verbaasd dat zijn flauwe grapje niet eens wordt opgemerkt.
Zonder acht te slaan op de ontredderde reacties, loopt Hester de klas door en gaat op haar vaste plaats zitten. Ze zet haar rugzakje, dat haar inmiddels door de directeur werd

terugbezorgd, naast zich op de stoel. Om zich een houding te geven, begint ze er wat in te rommelen.

'Ben je dan niet van school gestuurd?' vraagt Leen verbaasd. Ze kan haar ontreddering bijna niet verbergen. Hoewel zij het liever niet openlijk toegeeft, vindt ze het toch wel een prestatie: vechten met Maes. Als niet Hester, maar een van de andere leerlingen dit had gedaan, had ze er wel een standbeeld voor kunnen krijgen!

Niet reageren, denkt Hester en ze rommelt verder in haar tasje. Nu ze weet dat ze niet van school gestuurd wordt, voelt ze zich weer wat beter. Dat heeft ook te maken met de thee en de beschuitjes die de verpleegster haar heeft voorgezet. 'Je moet een hapje eten. Dat helpt. En je moet in de toekomst vooral proberen om thuis te eten. Het is niet goed om met een lege maag naar school te vertrekken.'

Stefanie is inmiddels van haar tafel gesprongen. Ze loopt tot bij Hester. Onwillekeurig gluurt ze in het tasje dat ze al kent. Tot haar verbazing zit er iets nieuws in. *Dagboek* staat er in een dik en klodderig handschrift te lezen op het schriftje dat bovenaan ligt.

'Heb je straf gekregen?'

Hester schudt het hoofd.

'Wat heeft de directeur dan gezegd?'

Hester haalt haar schouders op.

Gelukkig voor haar komen op dat ogenblik meneer De Bruyn en Olaf de klas binnen.

'Iedereen op zijn plaats!' zegt de eerste terwijl hij naar de vrije stoel achter in de klas loopt en een schriftje op zijn schoot legt. Daarin noteert hij alle op- en aanmerkingen over zijn stagiair. Olaf ploft intussen een grote stapel A4'tjes op het bureau.

'Antigone!' glimlacht hij. 'Ik heb voor iedereen een exemplaar gekopieerd.'

'Gaan we dan niet verder met die gedichten?' vraagt Ruben verwonderd. Hij houdt niet van chaos.

'Volgende week misschien. Achteraf bekeken leek het meneer De Bruyn en mij interessant om jullie zo vlug mogelijk met het toneelstuk kennis te laten maken. Ik zou vandaag een eerste lezing willen houden. Op basis daarvan krijgen we misschien al wat zicht op de rolverdeling.'

Terwijl hij spreekt, neemt hij bundeltjes papieren van de grote stapel en deelt ze uit. Brian kijkt ernaar en kreunt. Zo'n dik pak papieren! Daar zijn ze vast weken zoet mee.

'Wie wil er beginnen? Ik heb een Antigone nodig en...'

Nog voor hij het tweede personage kan noemen, zwaait Stefanie al met haar arm.

'Antigone is voor mij!'

'Prima. Denk erom: we acteren vandaag nog niet. We proberen gewoon om de tekst te lezen zonder al te nadrukkelijk te worden. Wie wil er Kreon zijn? En Ismène? En Haimoon?'

Als alle rollen verdeeld zijn, gaan ze van start. Niet eenvoudig om die gezwollen taal op een natuurlijke manier te lezen. Vooral Stefanie klinkt heel geforceerd. Het lijkt of ze elke nieuwe zin nog luider wil roepen dan de vorige.

'Probeer je in je personage in te leven', onderbreekt Olaf haar vriendelijk. 'Houd rekening met de situatie. Antigone weet dat ze het graf van haar broer heeft toegedekt, terwijl Kreon dat verboden heeft. Ze weet dus dat ze ter dood veroordeeld is. Op zo'n ogenblik begint ze niet te roepen. Ze is vooral heel verdrietig. Het kan misschien helpen om aan iets te denken wat je verdrietig maakt.'

Hoewel hij het heel zacht verwoordt, schuift Stefanie de kopieën met een verveelde zucht van zich af.

'We gaan die taal toch aanpassen? Ik ken echt niemand die zo spreekt!'

'Natuurlijk gaan we die taal herkneden', sust Olaf. 'Maar we moeten ergens beginnen. En wat is er nu meer geschikt dan de oorspronkelijke tekst?'

Ook Brian heeft er schoon genoeg van.

'Niet te doen!' concludeert hij. 'Als ik thuis zo zou spreken, belt mijn moeder direct naar 't zothuis om mij te komen halen!'

Grote hilariteit, natuurlijk. Olaf moet erom glimlachen.

'Een eerste lezing is nooit gemakkelijk', geeft hij toe. 'Je weet nog niet waar de tekst naartoe gaat. Misschien is het ook mijn fout. Misschien had ik jullie eerst wat meer over de inhoud moeten vertellen.'

Achteraan in de klas schraapt De Bruyn zijn keel. Tegelijk noteert hij iets in zijn schriftje. *Nooit toegeven dat je fout bent, dat tast je gezag aan.*

Maar Olaf lijkt er wel mee weg te komen.

'We zullen het opnieuw proberen', zegt hij. 'Maar nu met andere acteurs. Wil jij Antigone eens spelen, Hester. Vanaf "Ja, ik vrees je niet". En Ruben mag de rol van Kreon doen en Ismène is voor...'

Zo proberen ze het opnieuw. En kijk... wat Olaf zelf niet meer voor mogelijk hield, gebeurt nu toch. Opeens zit Antigone tussen hen in de banken. Dat is niet alleen aan Hesters perfecte uitspraak te danken. Op haar eigen onderkoelde manier, het ene woord niet hoger dan het andere, leest ze heel rustig de

tekst. Al na twee zinnen weet Olaf het: dit is gewoon perfect!
Het wordt heel stil in de klas. Alsof iedereen de magie van het
ogenblik kan voelen. Met ingehouden adem staart Olaf naar
de frêle figuur in het donkerpaarse jasje. Hij kijkt naar haar
bleke, dunne armen, het voorovergebogen hoofd, de zwarte
piekharen. Meteen ziet hij, precies zoals hij in gedachten had,
een kleine, bange en tegelijk toch moedige prinses voor haar
koning staan.
'Misschien sterf ik vandaag. Ik zou het prachtig vinden, want
al wie in ellende leeft sterft graag...'
De toon zit zo juist dat Olaf ervan huivert. Hester probeert
geen pijn uit te drukken. Ze is de pijn geworden.
'In jouw ogen lijk ik wellicht dwaas, maar dan verwijt de
dwaas de dwaze dat zij dwaas is.'
Er is iets met dat meisje, denkt Olaf. *Ik moet met haar praten.*
Die gedachte doet zo'n golf van onrust en verlangen in hem
opkomen dat hij nogal overbodig de rollen een na een onder
elkaar op het bord begint te schrijven.

Antigone
Ismène
Kreon
Wachter
Haimoon

Als Hester stopt met lezen, draait hij zich met een ruk om en
flapt het er uit: 'Schitterend, Hester. Buitengewoon!'
'Het is dus wel overduidelijk wie Antigone zal spelen', merkt
Stefanie nijdig op. Met opeengeklemde lippen kijkt ze de
stagiair ontgoocheld aan.

'N... Nee', stuntelt Olaf. 'Er is nog niets beslist. Dit was gewoon een eerste lezing, meer niet.'

Stefanie reageert er niet op. Eén zekerheid staat haar glashelder voor de geest: als zij Antigone wil spelen, zal Hester uitgeschakeld moeten worden.

7

'Eens kijken of we ook nog wat zinnigs kunnen vertellen.'
Hoewel hij natuurlijk allang weet wat hij over de afgelopen les
kwijt wil, slaat De Bruyn heel gewichtig het schriftje met zijn
notities open. Ondertussen gluurt hij naar Olaf, die in de
lerarenkamer tegenover hem aan tafel zit. Zijn stagiair lijkt
helemaal niet geïmponeerd, eerder nieuwsgierig.
'Over het algemeen ben ik heel tevreden!' steekt De Bruyn van
wal. 'Je bent kordaat, je bent rustig, je weet leiding te geven en
je bent enthousiast. Een pak goede eigenschappen, dus.'
Olaf glimlacht tevreden. Aan de tafel achter hem verbetert
mevrouw Maes toetsen. Ze knikt goedkeurend. Hoewel het
gesprek niet voor haar bedoeld is, kan ze het niet nalaten een
opmerking te maken.
'Zonder gedrevenheid houd je het in ons vak niet vol.'
'Daar hebt u gelijk in', antwoordt meneer De Bruyn dadelijk.
Uit ervaring weet hij dat je mevrouw Maes maar beter niet
negeert.
'Toch', vervolgt hij dan, 'heb ik ook een aantal aanmerkingen.'
'Ik had niet anders verwacht!' glimlacht Olaf. Het klinkt niet
spottend maar geïnteresseerd. Hij nipt van zijn kopje koffie dat
voor hem staat en kijkt zijn stagebegeleider belangstellend aan.

'Zo zou ik zelf nooit toegeven dat ik de zaken misschien verkeerd heb aangepakt', stelt De Bruyn. 'Dat schept alleen maar verwarring. Leerlingen verwachten van een leraar niet dat hij zijn fouten toegeeft, ze verwachten leiding.'

Hoewel Olaf zin heeft om te reageren, slikt hij zijn reactie in. Hij is er zeker van dat deze discussie tot niets zal leiden.

'En dan de rolverdeling', vervolgt De Bruyn, die al opnieuw met zijn neus in het schriftje zit. 'Heel verstandig om daar even mee te wachten, zodat we dit eerst samen kunnen bespreken. Ik zou de rol van Antigone in geen geval aan Hester geven.'

'Aan wie dan wel?'

'Aan Stefanie.'

'Maar Hester was veel beter! Dat hebt u vast ook gehoord!'

'Het gaat er niet om wie de beste is. Het gaat erom wat de sfeer in de klas ten goede komt. Stefanie is een leiderstype. Als je haar op je hand hebt, volgt de hele meute. Ik had haar die rol van Antigone al zogoed als beloofd. Ze ziet dat wel zitten. Als je Hester kiest, krijg je heibel. Dan is de sfeer verpest en kun je niet meer productief werken.'

'Maar Hester is geknipt voor die rol...'

Meneer De Bruyn zucht geërgerd. Hij houdt er niet van om tegengesproken te worden.

'Ik heb vanaf de eerste les al gemerkt dat je een voorkeur voor dat meisje hebt.'

'Hoe bedoelt u?'

'Je reactie toen ze zich zo aanstelde bij het lezen van dat gedicht. Veel te zacht. En dan die hand op haar schouder. Tot tweemaal toe...'

'Maar... Daar bedoelde ik niets mee!' hapt Olaf stomverbaasd naar adem. 'Dat was een schouderklopje, meer niet!'

'Ik heb nooit schouderklopjes gegeven', houdt De Bruyn vol.
Zijn stem krijgt nu een fanatieke bijklank. 'Zeker niet aan
meisjes van die leeftijd. Je weet nooit hoe ze zoiets
interpreteren. En als je dan toch een schouderklopje zou
geven, dan geef je dat aan iemand die iets goed heeft gedaan.
Niet aan iemand die weigert om te doen wat je vraagt.'
Olaf moet even slikken. 'Je mag een leerling toch aan-
moedigen?'
'Je moet daar voorzichtig mee zijn', vervolgt De Bruyn
rustiger. 'De andere leerlingen zien zoiets. Ze denken al snel
dat er iemand wordt voorgetrokken.'
'Vooral met Hester zou ik oppassen!' sneert Maes vanachter
haar toetsen. 'Ik heb ook al met haar gebotst. Ik heb nog nooit
zo'n vreemd meisje in mijn klas gehad.'
Waar bemoeit ze zich mee? flitst het door Olafs hoofd. *Ze was
niet eens aanwezig in mijn les.*
Maar De Bruyn is wel geïnteresseerd.
'Hoezo?' vraagt hij fronsend. En zo krijgt hij van mevrouw
Maes het hele verhaal te horen, compleet met kotsscène in
het kantoortje van de directeur er als extraatje bovenop.
'Ik weet niet wat er mis is met haar', besluit Maes haar
verhaal. 'Het ene ogenblik ben je bang dat ze met dat mes een
ongeluk veroorzaakt en het volgende moment heb je
medelijden met haar. Maar dat ze onberekenbaar is, staat
vast. Ik zou nooit een hoofdrol geven aan iemand op wie ik
niet kan rekenen. Daar komt alleen maar herrie van.'
'Dat is dan duidelijk', concludeert De Bruyn.
Hij kijkt zijn stagiair nieuwsgierig aan. Olaf haalt diep adem.
'Ik zal er nog eens over nadenken.'

Precies op het ogenblik dat Olaf zijn belofte maakt, houden Brian en Dave met hun brommers halt voor Stefanies huis. 'Expresdienst. Thuislevering!' grapt Dave en hij legt zijn brommer stil. Stefanie, die haar fiets die morgen heeft thuisgelaten, kan er niet om lachen. Met een lang gezicht werkt ze haar been over het zitje en stapt op de grond. Het zit haar nog altijd dwars dat ze daarnet, tijdens de les Nederlands, zo is afgegaan.

Brian ziet zijn kans schoon om Stefanie wat te jennen. Op zijn beurt schakelt hij de motor uit.

'Jammer, hè?'

'Wat?'

'Jouw carrière als toneelactrice... Het zit er niet echt in, als je het mij vraagt.'

'Dat denk je maar!'

'De reacties waren in elk geval niet schitterend.'

'Dit was ook maar een eerste lezing! Een kennismaking met de tekst, meer niet. Wacht maar tot ik echt op het podium sta.'

'Als je daar ooit raakt.'

'Hoe bedoel je?'

'Hester...'

'Zij is een natuurtalent!' mengt Dave zich nu ook in het gesprek. 'Je voelt dat direct. Daar kan niemand tegenop.'

Stefanie wil iets heel nijdigs antwoorden, maar bedenkt zich dan.

'Ma is er niet. Komen jullie binnen?'

Zonder hun antwoord af te wachten, stapt ze, met de sleutel in haar hand, naar de voordeur. De twee jongens werpen elkaar een vragende blik toe. Wat is ze nu weer van plan?

Een paar minuten later zitten Brian en Dave allebei met een blikje bier in de hand in de donkerrode fauteuils. Stefanie heeft voor een glas water gekozen. Liever niet te veel calorieën... Hoewel iedereen het erover eens is dat ze de perfecte maten heeft, vindt ze zichzelf veel te dik.

'Waarom heb je ons eigenlijk binnen gevraagd?' valt Brian met de deur in huis. 'Dat heeft vast een reden.'

'We moeten praten.'

'Over Hester?'

'Over Hester, ja.'

Er speelt een duivels glimlachje om Stefanies lippen. Ze buigt zich over de boekentas naast haar op de grond en doet die open. Het volgende ogenblik houdt ze een schriftje in de hoogte.

'Wat is dat?'

'Kijk wat erop staat!' Ze toont de jongens de omslag.

'Dagboek', staat er te lezen.

'Van Hester?'

'Van mij is het in elk geval niet. Ik heb niet zo'n lelijk schrift!'

'Hoe heb je dat geflikt?' vraagt Brian verwonderd.

'Gepikt, niet geflikt', verbetert Stefanie. 'Het zat in haar tasje. Ik kon er echt niet naast kijken.'

'En dus heb je het gejat?'

'Probleemloos.'

'In de klas?'

'Ik zeg het toch: ik kon er niet naast kijken. En Hester zit constant te dromen. Ze deed niet eens haar best om het wat spannend voor mij te maken.'

'Interessant, zo'n dagboek...' vindt Brian.

Hij loopt naar de fauteuil waarin Stefanie zit en gaat

belangstellend op de leuning zitten. Terwijl Dave op zijn beurt achter hen komt staan, doet Stefanie het schriftje open.

'Ze is wel schrijflustig!' spot Brian. 'Zoveel tekst!'

'We gaan toch niet alles lezen?' vraagt Dave in paniek. Na schooltijd heeft hij altijd honger. Hij wil het liever niet te lang maken.

'We zullen beginnen met de laatste bladzijden', beslist Stefanie. 'Misschien spelen we daar een hoofdrol in.'

Ze bladert tot er nog maar enkele pagina's te lezen zijn en laat haar ogen dan diagonaal over de tekst gaan. Hoewel ze nog altijd smoorverliefd op Olaf is, doet het haar goed Brian tegen zich aan te voelen leunen. Alsof ze op die manier een beetje wraak kan nemen voor wat de stagiair haar heeft aangedaan.

'Het zijn brieven aan haar moeder', stelt Dave vast.

'Raar', vindt Brian.

'Dat doe je alleen als je moeder er niet meer is', zegt Stefanie. 'Anders vertel je haar toch gewoon wat je kwijt wilt?'

Haar ogen blijven hangen bij iets merkwaardigs. Hester is zo hevig in haar eigen tekst beginnen te schrappen dat er warempel een gat in het blad ontstaan is. Onwillekeurig leest ze de zinnen die tot het gat geleid hebben hardop: 'Lieve mama, ik mis je zo... Hoe kon je toch...'

'Haar moeder is er dus inderdaad niet meer', concludeert Brian. Maar Dave heeft al oog voor iets anders.

'Ze heeft het hier over ons: "De leerlingen op de nieuwe school doen stom. Ze kwamen de pieren uit mijn neus vragen. Alsof ik er ook maar aan zou denken om hen alles te ver..."'

Hoewel hij nog niet uitgesproken is, slaat Stefanie de bladzijde al om. In een flits heeft ze de tekst daaronder gelezen: over Olaf die zijn hand op Hesters schouder legde. Ze voelt zich eensklaps stikjaloers worden. Misschien is het toch geen goed idee om het dagboek samen met de jongens te lezen.

'Bedankt, hè! Ik zal nog eens iets voorlezen!' reageert Dave verontwaardigd.

'We kunnen niet bij alles stilstaan! Alleen wat belangrijk is. Ik wil weten waarom Hester zo raar reageert.'

Haar ogen dwalen alweer diagonaal over de bladzijden. Er zijn ook problemen met haar vader, leidt ze uit de tekst af. En die onnozele rat is heel belangrijk in haar leven.

Maar dan laat Brian haar uit haar gedachten opschrikken:

'Hier. Misschien zijn we hier iets mee op het spoor...'

Met zijn vinger onder de tekst leest hij verwonderd: 'Het bloed kan ik verdringen.'

'Het komt niet meer!' neemt Stefanie over. 'Ik mis het ook niet. Ik vind het goed zoals het is, maar heb het nog aan niemand durven te vertellen. Jij bent de eerste die het hoort.'

Alsof ze haar eigen ogen niet kan geloven, kijkt ze de anderen stomverbaasd aan.

'Jullie lezen toch ook wat ik lees, hè?'

Dave lijkt het niet te vatten. 'Bedoelt ze daarmee... Heeft ze het dan over... Enfin, je weet wel...'

Dit vindt hij dus echt niet leuk. Als hij onder kameraden is, vertelt hij graag gore moppen, maar hij heeft nog nooit ook maar één ernstig gesprek over maandstonden gevoerd. Hij vindt het heel gênant dat Stefanie hem daar nu plots mee confronteert. Hij weet er ook totaal niets zinnigs over te zeggen.

Ook Brian snapt er niet veel van.

'Dat heb ik nu nog nooit gehoord... Dat zoiets ook weer kan stoppen?'

Stefanie klapt het dagboek nadenkend dicht.

'Er is iets met bloed!' concludeert ze. 'Hester wil alle bloed uit haar leven bannen. Herinner je haar binnenkomst in de klas. Die rode vlek op haar bank. Die zag er in haar ogen ongetwijfeld als een bloedvlek uit.'

'En het konijn dat opengesneden moest worden', neemt Brian tot zijn eigen verbazing over. 'Dat was natuurlijk ook een bloederige vertoning.'

'En dat gedicht! Ze kon het woord "bloederig" toen zelfs niet over haar lippen krijgen!' herinnert Stefanie zich.

'Een bloedfobie', vat Dave alles samen. Hij weet niet of het woord echt bestaat, maar het klinkt wel goed.

'Dan moeten we er misschien maar eens voor zorgen dat er iets bloederigs in haar leven gebeurt', glimlacht Stefanie wreedaardig.

'Hoe bedoel je?'

Dave krijgt het er warm van. Hij was ongetwijfeld beter direct naar huis gereden om daar een boterhammetje met choco te eten.

Ook Brian vindt dat Stefanie nu wel erg ver gaat.

'Je gaat haar toch geen pijn doen? Toch niet door die affaire met dat toneelstuk?'

'Háár niet!' glimlacht Stefanie geheimzinnig. 'Háár niet...'

Om haar mond speelt een lachje dat niet veel goeds voorspelt.

'Overdrijf je nu niet een beetje?' vraagt Brian. 'Hester ziet er niet uit en ze is knetter, dat weet ik ook, maar of dat nu een reden is om...'

Stefanie laat hem niet uitspreken. 'Je durft niet, hè! Een grote mond, maar als het eropaan komt, doe je het in je broek van angst. Nou ja, ook goed... Als je niet durft, zal ik wel alleen met Dave gaan.'

Ze kijkt Dave aan en knipoogt. Een beetje overdonderd glimlacht hij terug.

Twee vliegen in één klap, weet Stefanie. Brian zal Dave vast niet met haar alleen laten.

'De dozen...' mompelt Hester blij verrast zodra ze de woonkamer binnenkomt. 'Eindelijk dan toch!'

Inderdaad. Tijdens haar afwezigheid heeft haar vader zowaar een paar dozen uitgepakt. Onwillekeurig loopt ze naar een van de kasten en trekt die open. Daar ziet ze het glasservies schitteren. Het lijkt wel alsof papa elk glas ook nog eens apart heeft opgewreven.

Ze fluit bewonderend tussen haar tanden. Dit is veel meer dan ze verwacht had! Ze wil hem meteen een compliment maken, maar stelt dan vast dat hij niet op de benedenverdieping is.

Ze loopt de deur van de gang in, gaat onder aan de trap staan en roept hem. Geen reactie. Een gevoel van kilte overvalt haar. *Is hij weer in het bos? Of in het atelier?*

Opeens krijgt ze een hevig verlangen om samen met hem een kop thee te drinken en tegen hem aan te leunen. Misschien kunnen ze het dan over koetjes en kalfjes hebben. Dat alles erop wijst dat zij de rol van Antigone zal krijgen, bijvoorbeeld. Hoewel ze dacht dat het haar koud zou laten, was ze plots beginnen te gloeien van trots. Ze hoort de verbazing nog altijd in Olafs woorden: 'Schitterend, Hester. Buitengewoon!' Ze heeft het ook veel te lang zonder compliment moeten stellen. Met haar jas nog aan loopt ze de keuken uit, het atelier tegemoet. Ze voelt aan de deurkruk. Dicht! Is papa in het bos en heeft hij de deur afgesloten of heeft hij zich in het atelier verscholen? Ze zou zijn naam kunnen roepen, maar is bang geen antwoord te krijgen en loopt zwijgend weer het huis in. Even later rent ze toch naar het atelier en luistert aan de deur. Als het daarbinnen stil blijft, gaat haar hart als een razende tekeer. Ze loopt het huis weer in, zet een doos op tafel en begint die uit te laden. Badhanddoeken. Ze realiseert zich dat noch papa noch zij zich gewassen hebben sinds ze hier drie dagen geleden zijn ingetrokken. Ze neemt de bovenste handdoek, slaat die over haar schouder en stapt de trap op naar de badkamer.

Een bad of douche kan ze wel vergeten. Er is nog altijd geen warm water in dit verrekte huis. Een kattenwasje met koud water aan de wastafel dan maar. Die is duidelijk al jaren niet meer gebruikt en ligt er gebarsten en vies bij. Het email heeft in de loop van de jaren een heel rare kleur gekregen. Alsof het aan geelzucht lijdt.

Wanneer ze naar haar gezicht in de pokdalige spiegel kijkt, wordt ze door een gevoel van wanhoop en weerzin overvallen. Ze zet haar scherpe nagels tegen haar wangen en beweegt ze klauwend naar beneden. Haar bleke vel verkleurt onder haar vingers. Lange, rode strepen die niet meteen verdwijnen. Even bekruipt haar de neiging om nog harder te klauwen, door het vel heen. Als papa haar dan ziet, zal hij zeker aandacht aan haar moeten besteden. Net zoals zij verwonderd was over de krassen op zijn armen en in zijn gezicht. Tegelijk weet ze dat ze het nooit zal doen. Geen bloed...

Ze haalt Maarten uit zijn kooi, gaat op de matras liggen, trekt haar trui en T-shirt op en legt hem op haar blote buik. Dat voelt lekker. Ook de rat houdt ervan. Hij blijft roerloos liggen. Enkel zijn staart beweegt loom kriebelend tegen haar blote vel. Alsof hij haar op die manier wil strelen.

Zo denkt ze terug aan de voorbije les. Olaf met de staart. Olaf met de zachte en tegelijk toch zo doordringende ogen. Hij negeerde haar tenminste niet. Hij zei dat wat ze deed opvallend goed was. Zou hij ook weten dat het haar niet eens moeite kostte en dat ze zich echt als Antigone begon te voelen?

Ze blijft lang liggen. Buiten schemert het alweer. Dan heeft Maarten er plotseling genoeg van. Ze voelt zijn zacht krassende pootjes op haar blote buik. Hij springt van haar buik op de matras en begint klaaglijk te piepen.

'Je hebt gelijk! Je hebt nog altijd geen eten gekregen.'

Ze staat op en kijkt uit het raam. Ze glimlacht naar de gele sikkel tussen de bomen. Misschien wil hij de wolken wel uit de lucht snijden. Ze ziet hoe er in het atelier licht brandt. Dat stemt haar gerust en ongerust tegelijk.

In de woonkamer geeft ze Maarten wat graantjes en zet hem in zijn kooi. Uit de broodzak in de keuken haalt ze een snee droog brood. Ze neemt niet eens de moeite om hem te smeren maar eet hem zo op.

Papa heeft nog altijd geen teken van leven gegeven. Ze vertikt het om op de deur van het atelier te kloppen en gaat weer naar boven. Ze zal een brief aan mama schrijven. Die zal wel naar haar luisteren.

Als ze haar tasje opent, krijgt ze het warm en koud tegelijk.

Mijn dagboek! Het is er niet! Hoe kan dat nu?

Hoe ze ook zoekt, het blijft spoorloos. Ze probeert de voorbije uren weer voor de geest te halen. In het kamertje van de directeur was het er nog! Ondanks de warmte heeft ze toen haar jasje dicht gelaten. Gewoon omdat ze bang was dat de directeur of mevrouw Maes het schriftje zou zien. En later, in het

ziekenkamertje, heeft ze – vlak voor ze naar de klas is terug-
gekeerd – het dagboek in haar tas gestoken. Zeker weten!
Maar dan? Ze kan zich niet herinneren het schriftje in de klas
nog gezien te hebben. Ze heeft daar ook niet op gelet. Na de
complimenten van Olaf leek het alsof ze op roze wolkjes liep.
Zou ik het verloren hebben?
Maar waar dan wel? Ze had het bovenaan in haar tasje
gestopt, dat weet ze nog goed. En toen ze in de klas kwam is
ze – om zich een houding te geven – in dat tasje beginnen te
rommelen. Zou het gevallen zijn? Zoiets zou ze toch zien? Er
zat bijna niets in.
Ze snapt er niets van, trekt voor alle zekerheid opnieuw de
lade van haar tafeltje open, zoekt ook in haar kast. Heeft ze
een black-out gehad? Heeft ze het dagboek ergens weggelegd
zonder dat ze zich er iets van herinnert? Echt onmogelijk is
dat natuurlijk niet. Ze is wel vaker zo diep in gedachten
verzonken dat ze niets meer van de wereld weet.
Uiteindelijk doet ze haar pyjama aan, knipt het licht uit en
gaat op de matras liggen. Van onder de dikke deken staart ze
peinzend voor zich uit. Ze verbeeldt zich dat mama haar
schriftje is komen halen. Misschien zit ze het nu wel ergens
op een roze wolk in het vage licht van de maansikkel te lezen.
Uiteindelijk valt ze toch in slaap. Ze wordt gewekt door een
gestommel op de trap, ziet hoe papa de deur van haar kamer
opendoet en teder glimlachend vanuit de deuropening naar
haar kijkt. Hoewel ze doet alsof ze slaapt en onbeweeglijk
blijft liggen, voelt ze hoe haar hart als een razende begint te
roffelen. *Zo wil ik hem voor altijd onthouden*, denkt ze. *Als een
personage op een schilderij, ingelijst in het licht van de deur,
bezorgd wakend over mijn dromen.*

Het volgende ogenblik is het beeld alweer verdwenen en hoort ze hoe papa met zware, onzekere stap naar zijn kamer zwalkt. *Hij heeft weer gedronken.*

Ze neemt zich voor er de volgende dag met hem over te praten. Het moet stoppen.

Even ziet ze haar vader dronken op haar verjaardagsfuifje. Ze was tien en kon haar schaamte niet verbergen. Sindsdien had papa geen druppel meer gedronken. Hester weet heel zeker dat hij veel steun van haar moeder had. Zou alles nu weer van voren af aan beginnen?

Ze draait zich op haar zij om weer te slapen, maar het lukt niet. Er is niet alleen de onrust om papa, ook het verdwenen dagboek begint nu weer door haar hoofd te spoken.

Zou een van de leerlingen het misschien gejat hebben?

Bij die gedachte krijgt ze het Spaans benauwd. Wie het dagboek leest, kan elk geheim misbruiken... Wie weet wat haar nog te wachten staat?

Omdat er van slapen toch niets meer in huis komt, gaat ze naar beneden. Hoewel het haar zeer onwaarschijnlijk lijkt, maakt ze zich wijs dat ze het dagboek daar misschien heeft laten liggen.

In de woonkamer stelt ze tot haar verbazing vast dat er intussen nog meer dozen zijn leeggemaakt.

Goed zo, papa.

Ze vindt geen dagboek, maar schrikt als ze in een grote lade mama's schetsboek ziet. Even heeft ze het gevoel dat haar moeder het boek daar zelf heeft neergelegd en elk ogenblik kan binnenkomen om verder te werken.

Ze legt het op tafel en slaat het open. Langzaam begint ze te bladeren. Sommige projecten herinnert ze zich nog haarscherp. Hester heeft nooit ook maar één tentoonstelling van haar moeder gemist. Ze glimlacht bij het zien van sommige embryonale ideeën. Soms staan ze verrassend dicht bij het eindresultaat, soms hebben ze nog een hele evolutie ondergaan.

Achteraan in het boek vindt ze schetsen van niet-gerealiseerde plannen. Ze slikt even wanneer ze bedenkt dat die projecten er nooit meer zullen komen.

De allerlaatste schets is er een van een grote bol die helemaal uit doornentakken gemaakt is.

'Doornenbol' staat erboven geschreven. Het valt haar op hoe-zeer mama's handschrift lijkt op het hare. *Ik heb ook haar bleke huidskleur en haar scherpe kin.*

Ze bekijkt het ontwerp wat beter. In de bol heeft mama een rond gat voorzien, zodat je er ook in kunt kruipen. Wilde mama die rare bol met dat gat erin op haar volgende tentoonstelling plaatsen? Wilde ze de bezoekers uitnodigen er meteen maar even in te kruipen en ook de inwendige pijn te voelen?

Hester beseft dat die bol op een onvervreemdbare manier alles met haar moeder te maken heeft. Precies daarom schrikt ze zo wanneer ze op de tekening, rechts van de bol, in een ander handschrift, nóg een kanttekening als een bezwerende formule ziet staan: 'Diagonaal 150 cm'.

Ook links van de bol staan een paar krabbels, maar die zijn zo klein en onduidelijk geschreven dat ze niet te lezen zijn.

Hester herkent meteen het handschrift van haar vader. Hij schreef zijn letters altijd zo klein dat je je afvroeg hoe hij ze nog naast elkaar kon krijgen.

Hebben ze samen aan dit ontwerp gewerkt?

Uitgesloten. Mama zou nooit toelaten dat papa zich met haar kunstwerken bemoeide. En papa had het altijd veel te druk met zijn advocatenpraktijk. Hij moet dit dus geschreven hebben toen mama al gestorven was. *Waarom?*
Een tijdlang staart ze zwijgend voor zich uit. Wanneer een hevige rukwind de luiken laat kletteren, legt ze het schetsboek weer in de lade en holt op verstijfde voeten terug naar bed.
Waar is papa in godsnaam mee bezig?

8

'Vandaag gaan we een stapje verder', zegt Olaf. Hij draagt een bleke, spannende jeans en een zwart T-shirt waaronder zijn schouders zich breed aftekenen. 'We gaan de tekst voor de tweede keer lezen. Omdat iedereen inmiddels wel weet waar het verhaal naartoe gaat, brengen we het toneelstuk nu vooraan in de klas. Volgende les gaan we naar de toneelzaal. Daarna beginnen de echte repetities. Telkens op zaterdagmorgen, zodat de lessen zo weinig mogelijk gestoord worden.'

Dave zucht. 'Het komt er dus op aan om zo snel mogelijk definitief op mijn bek te gaan', fluistert hij Stefanie in het oor. 'Wie het nu goed doet, hangt. Die kan in de toekomst elke zaterdagochtend komen repeteren.'

Stefanie kijkt hem geruststellend aan – 'Doe maar gewoon, dat zal wel volstaan!' – en steekt een vinger op.

'Ja?'

'Moeten wij ons vandaag tot lezen beperken?'

'Probeer gerust al wat te acteren. Met de papieren in je hand zal dat niet altijd even gemakkelijk zijn, maar het geeft me toch nog een beter idee. Let ook op je houding. Een trotse koning staat er bijvoorbeeld niet als een zoutzak bij!'

Opnieuw gaat Stefanies hand de hoogte in. 'Staat de definitieve rolverdeling eigenlijk al vast?'

Een ondeelbaar ogenblik kijken Olaf en meneer De Bruyn elkaar aan.

'Nee', vervolgt Olaf dan. 'Ik beslis pas na deze les.'

'Mag ik dan Antigone nog eens proberen? Ik weet dat het gisteren niet goed was, maar ik weet ook dat ik veel beter kan.'

Olaf knikt. 'Oké. Antigone voor jou. En wie speelt Haimoon, haar verloofde?'

'Mag hij Antigone ook kussen?' vraagt Brian schalks.

'Als hij dat zo aanvoelt...' grapt Olaf terug. 'En als zij dat ook zo aanvoelt, natuurlijk. Ik probeer altijd heel veel vanuit de spelers zelf te laten komen.'

'Dat verandert alles! Als ik iets uit mij kan laten komen, ben ik altijd kandidaat!'

Hilariteit alom. Met een geïrriteerde blik kijkt De Bruyn naar zijn stagiair. Waarom reageert die niet op die schuine opmerking van Brian? Dat was er toch duidelijk over?

Nu de eerste twee kandidaten gevonden zijn, is het hek van de dam. Iedereen lijkt plotseling wel een of andere rol te willen spelen. Het werkt zo aanstekelijk dat zelfs Dave zich kandidaat stelt voor een of ander onooglijk rolletje, waarvoor hij vast niet elke zaterdagochtend zal hoeven te repeteren.

Enkel Hester zit er onbewogen bij. Alsof het haar allemaal niet veel kan schelen. En toch weet Olaf dat zij de enige echte Antigone is.

Omdat er vooraan plaats gemaakt moet worden, duwt de stagiair met één soepele beweging het bureau naar het raam. Stefanie ziet hoe onder het zwarte T-shirt de spieren in zijn armen zich spannen. Ze zou er heel wat voor overhebben om niet Brian, maar Olaf als tegenspeler te hebben.

'We gaan vandaag niet alles lezen', vervolgt Olaf dan. 'Ik wil er gewoon de scènes uitpikken die mij het meeste zicht op jullie spelkwaliteiten geven. We beginnen met een stukje tussen Haimoon en een verliefde Antigone. Brian? Stefanie? Willen jullie even naar voren komen? En breng je kopieën mee.'

Stefanie en Brian doen wat er gevraagd wordt. Op aan-wijzingen van Olaf nemen ze tegenover elkaar plaats. Het is best raar om zo dicht bij elkaar te staan.

'Oké, Stefanie, begin maar.'

Stefanie slikt eens. Ze kijkt Brian recht in zijn ogen.

'Luister, Haimoon...'

'Ja', antwoordt Brian met een overdreven smile op zijn gezicht.

'Ik wil dat je vanmorgen ernstig bent', zegt Stefanie heel toepasselijk.

'Natuurlijk, liefje. Ik word altijd ernstig als jij me zo be... bekij...'

Het laatste woord lukt niet meer. Brian proest het uit. Hij slaat zowat dubbel en de lachtranen biggelen plotseling uit zijn ogen.

Stefanie vindt het heel wat minder grappig.

'Idioot! Stop daarmee!'

Olaf komt snel tussenbeide.

'Probeer je in te leven, Brian. Dit is een dramatisch moment.'

'En lees wat er staat!' gromt Stefanie. 'Dat van dat liefje staat er helemaal niet!'

'Dan kan toch!' antwoordt Brian lacherig. 'Als hij nu vriendelijk tegen haar wil zijn.'

'Die toevoeging vind ik inderdaad niet zo erg', geeft Olaf toe. 'Als je dat zo voelt, moet je dat durven. Maar probeer je voor de rest wel in te leven. Ik weet dat het niet gemakkelijk is, maar dat is nu juist de essentie van acteren: in de huid van iemand anders kruipen.'

'Ik probeer het!' belooft Brian vol binnenpret en hij doet moeite om er weer ernstig bij te staan.

Met vlammende ogen kijkt Stefanie hem aan. Als die pipo het nu maar geen tweede keer verpest.

'We starten weer bij de eerste zin', beslist Olaf. 'We waren toch nog maar net begonnen.'

Stefanie sluit even haar ogen. Ze probeert zich te concentreren. Dan kijkt ze Brian aan.

'Luister, Haimoon.'

'Ja.'

'Ik wil dat je vanmorgen ernstig bent.'

'Ik ben ernstig.'

'Pak me vast. Pak me vast, zodat ik al je kracht kan voelen.'

Tja, dat laat Brian zich natuurlijk geen twee keer zeggen! Hij schiet op Stefanie af en trekt haar veel te ruw tegen zich aan. Het lijkt wel of hij haar wil verstikken.

Stefanie rukt zich woedend los. 'Onnozelaar! Straks breek je mijn ribben nog!'

'Ik moest toch al mijn kracht gebruiken...' protesteert Brian.

'Het is al goed', zegt Olaf, die intussen begrepen heeft dat Brian zich alleen maar kandidaat heeft gesteld om de boel in het honderd te laten lopen. Hij kijkt de klas in. Overal breed lachende gezichten met pretlichtjes in de ogen. Er zijn er duidelijk nog heel wat die Brians voorbeeld willen volgen. Enkel Ruben is altijd te vertrouwen. Maar Olaf heeft hem, net als gisteren, de rol van koning Kreon al toevertrouwd.

'Ik neem het zelf wel even over', beslist hij dan. Het gaat tegen al zijn principes in. Acteurs moeten zelf hun personage ontdekken. Ze mogen niet gewoon naspelen wat hen voorgedaan wordt. Maar hij kan het zich ook niet permitteren om deze les nog verder in de soep te laten lopen. De Bruyn noteert nu al alsof zijn leven ervan afhangt.

Terwijl Brian zijn plaats weer inneemt, plaatst Olaf zich pal tegenover Stefanie. Die kijkt hem verleidelijk aan. Nu pas ziet hij hoe helblauw haar ogen zijn.

'Pak me vast. Pak me vast, zodat ik al je kracht kan voelen', smeekt ze. Voor het eerst heeft ze de juiste toon te pakken. De juiste toon, maar het slechte moment en de verkeerde tegenspeler.

'We laten dit stukje vallen', beslist Olaf. 'We blijven anders te veel hangen bij het beeld dat Brian van Haimoon heeft neergezet. Begin maar onder aan de bladzijde: "Ik zou echt..."'

Teleurgesteld zoekt Stefanie het bedoelde fragment. Jammer, ze had zich maar al te graag door Olaf laten vastpakken.

Benieuwd hoe Hester daarop zou reageren!

'Ik zou echt je vrouw geweest zijn, hè?' leest ze dan. 'Echt je vrouw?'

'Echt mijn vrouw', antwoordt Olaf.

'Je houdt echt van me, hè?'

Dat staat er niet, wil Olaf zeggen. Maar Stefanie staat dan al zo dicht bij hem dat het lijkt alsof hij haar huid kan voelen. Er zit een spanning in haar rozige lijf die hem helemaal verwart.

Hij doet een stapje achteruit.

'Goed zo, Stefanie. Maar probeer de tekst ook niet te veel te veranderen. Er staat: "Hield je die avond echt van me, Haimoon?" Welke avond?' gaat hij dan meteen op andere toon en als tegenspeler verder.

'Ben je zeker dat je je die avond van het bal niet hebt vergist?'
blijft ook Stefanie verder spelen. Ze komt weer wat dichter
naar hem toe. 'Ben je zeker dat je sindsdien niet één keer, ook
niet in het diepste van jezelf, één keer, heel even hebt gedacht:
"Ik had Ismène moeten vragen"?'

'Doe niet zo stom!'

'Je houdt toch echt van me, hè?'

'Ja, Antigone. Ja!'

'Ismène ziet zo wit als een spook. Ik ben rozig en blond.'

Er zit plots een snerpend toontje in Stefanies stem.

In een flits kijkt Olaf naar Hester. Ze is echt uitzonderlijk
bleek. Zo wit als een spook... Hij doet een nieuwe stap
achteruit. Hoewel hij de tekst uit het hoofd kent, kijkt hij toch
in zijn papieren.

'Ik ben zwart en mager!' verbetert hij dan. 'Ismène is rozig en
blond. Je moet je aan de tekst houden, Stefanie!'

'Maar ik dacht... We mochten de tekst toch aanpassen, als we
dat zo aanvoelden?'

Olaf antwoordt niet. Hij loopt snel tot achter het bureau,
neemt een blad papier en een pen en schrijft iets op.

'Oké. Je mag weer gaan zitten.'

Tot zijn verbazing ziet hij dan pas dat hij alleen Stefanies
naam genoteerd heeft, meer niet.

'Meneer?'

Geschrokken kijkt de stagiair op.

'Ja, Hester?'

'Mag ik Antigone eens proberen?'

Olaf gluurt verward naar meneer De Bruyn. Die zit nog altijd
driftig in het schriftje te noteren. Zijn stagebegeleider had
hem aangeraden om Hester zoveel mogelijk te negeren. Maar

hij kan toch ook niet doen alsof hij doofstom is? En botweg weigeren is ook geen optie.

'Probeer maar, Hester.'

Als ze vooraan in de klas is, kan hij plotseling de vijandelijke sfeer proeven. De hilariteit om Brian die Stefanie eens stevig vastpakte, is allang vergeten.

'Hetzelfde fragment, meneer?'

'Hetzelfde fragment.'

Hij stelt zich voor Hester op en kijkt haar recht in de ogen. Meteen lijkt het alsof hij een erotische spanning in zijn buik kan voelen.

Wat is dat toch met haar? vraagt Olaf zich af. *Ze is lang niet zo oogverblindend als Stefanie en toch heeft ze iets wat me helemaal in de war brengt.*

'Ik zou echt je vrouw geweest zijn, hè?' fluistert ze. Er zit een zwoele heesheid in haar stem die hij nog niet eerder hoorde.

'Echt je vrouw?'

'Echt mijn vrouw', antwoordt Olaf. Hij kijkt haar diep in haar ogen. Meteen bestaat de klas niet meer. Er zijn alleen nog twee jonge mensen die gewichtloos door de ruimte zweven.

Vanachter haar tafel volgt Stefanie met groeiende weerzin het tafereel. Ze heeft haar lippen samengeknepen en trekt heftig aan de lok naast haar oor. Ook al raken Olaf en Hester elkaar met geen vinger aan, toch doen hun blikken Stefanies adem sneller gaan.

Ze wil het uitschreeuwen, maar nog liever wil ze op Hester afspringen om haar gezicht open te krabben. Ze bedwingt zich, blijft zitten waar ze zit en kijkt met stijgende verbazing naar de vanzelfsprekendheid waarmee de woorden uit hun monden rollen.

'Ik ben zwart en mager. Ismène is rozig en blond.'

'Antigone, toch... Waarom zeg je dat nu?'

'Ik had dit beter niet gezegd!' geeft Hester toe. 'Ik schaam me zo. Maar ik moet het weten. Zeg me de waarheid alsjeblieft. Als je eraan denkt dat ik niet van jou zal zijn, voel je dan in je buik een gat ontstaan, alsof er iets dood zal gaan?'

Dat staat er niet, denkt Stefanie. Maar Olaf hoort het niet. Hij lijkt wel in trance en knikt.

'Ja, Antigone, ja, zo voelt het: alsof er iets dood zal gaan in mij...'

'Bij mij ook. Alsof er ook in mijn buik een gat ontstaat. Ik wou je alleen nog zeggen dat... Dat ik heel trots zou zijn als ik je vrouw zou zijn. Echt je vrouw. Een vrouw naast wie je 's avonds gaat zitten om je hand in de hare te leggen. Gewoon, zonder erbij na te denken. Zoals bij iemand die werkelijk de jouwe is.'

Zij zwijgt en Olaf zwijgt. De stilte trilt. Enkel in de hoek van de klas is het zachte krassen van de pen van meneer De Bruyn nog hoorbaar.

'Tot hier?' vraagt Hester dan.

'Tot hier', zegt Olaf. 'Ik weet genoeg.'

Hij kijkt haar zacht glimlachend aan.

Stefanie weet ook genoeg. Ze springt overeind.

'Als zij de hoofdrol krijgt, hoeft het voor mij niet meer.'

'Voor mij hoeft het allang niet meer', neemt Dave laconiek over. 'Al vanaf het moment dat ik het woord 'Antigone' voor de eerste keer hoorde, eigenlijk.'

Het protest zwelt nu aan alle kanten aan. De Bruyn legt zijn balpen neer en kijkt afwachtend toe. Hoe zal zijn stagiair zich hieruit redden?

Die krijgt het intussen hoe langer hoe warmer. Dit heeft
hij nooit eerder meegemaakt. In het verleden hingen de
leerlingen altijd aan zijn lippen.

'Er zijn nog meer boeiende rollen!' probeert hij dan, terwijl hij
Stefanie hoopvol aankijkt. 'Ismène, bijvoorbeeld. Ook qua
uiterlijk hebben jullie iets identieks. Jullie zijn allebei mooi en
blond.'

Maar zijn trucje is al te doorzichtig.

'Het is Antigone of het is niets! Zo simpel is dat.'

Olaf zucht. Als een bokser die uitgeteld op de gong wacht,
hoopt hij de bel te horen. Maar hij heeft nog altijd meer dan
een halfuur te gaan.

'Ik heb het al gezegd: er is qua rolverdeling nog niets beslist.
Ik wil een zo breed mogelijke kijk op de situatie.' Het klinkt
niet echt overtuigend. 'Leen, wil jij Antigone eens proberen?
En Kato, neem jij Ismène?'

De rest van de les lijkt een ware lijdensweg. De leerlingen van
4A doen wel wat Olaf van hen vraagt, maar ze trekken daarbij
zulke verveelde gezichten dat hij het hele toneelproject liever
meteen in de koelkast zou zetten. Bovendien brengt Stefanie
hem helemaal van zijn stuk. Bij elke stekende blik voelt hij
hoe haar liefde in haat lijkt te zijn omgeslagen. De kleinste
opmerking is nu genoeg om haar, en met haar misschien de
hele klas, te laten ontbranden. Voortdurend heeft Olaf het
gevoel dat hij zich in oorlogsgebied bevindt en tussen
landmijnen moet laveren.

Als eindelijk de bel gaat en de leerlingen met veel kabaal de
klas verlaten, zakt hij moe en ontgoocheld op een stoel. Het
volgende ogenblik staat De Bruyn al voor hem.

'Slim! Heel slim om zelf een liefdesscène met twee rivaliserende tieners te gaan spelen. Dat is vragen om problemen!'

'Dat was mijn bedoeling niet', zucht Olaf. 'Het is gewoon voortgevloeid uit de situatie. Als Brian de clown niet had uitgehangen, had ik het niet van hem hoeven over te nemen. Ik kon toch ook niet weten dat Stefanie mij wilde verleiden. Zodra ik dat doorhad, heb ik aan Hester gevraagd om haar te vervangen.'

'En daardoor heb je het nog veel erger gemaakt!' briest De Bruyn. 'Stefanies verleidingspoging was nog niets vergeleken met wat Hester ervan bakte. En het ergste van al: je leek het niet eens zo erg te vinden!'

'Ik speelde een rol! Ik zei het toch... Dat is de essentie van toneelspelen. In de huid van iemand anders kruipen.'

'Alsof ik dat niet weet! Ik hoef van jou geen les toneelinitiatie te krijgen.'

'S... Sorry', hakkelt Olaf aangeslagen. Hij snapt dat hij met die laatste opmerking een brug te ver is gegaan. 'Ik bedoel alleen maar... Ik kon dit echt niet op voorhand inschatten.'

'Een goeie leraar vermijdt de problemen. Hij zoekt ze niet op!' tiert De Bruyn verder. 'Een goede leraar voelt wat er in zijn klas leeft en probeert spanningen niet op de spits te drijven!' Olaf zwijgt. Alles wat hij zegt, is nu toch verkeerd.

'En als hoogtepunt van het hele gebeuren beloof je Hester ook nog eens de rol van Antigone... Proficiat! In vergelijking met jou stelt een toreador die met een rode lap voor de stier staat te zwaaien niks voor!'

'Ik heb Hester die rol niet beloofd.'

'Je hebt haar gezegd dat je genoeg wist. Dat is hetzelfde!'

'Ik... Ik heb dat zo niet bedoeld.'

'O nee? Wat wou je dan zeggen? Dat je nu wel wist dat ze op jou verliefd was? Zal ik dat in mijn verslag schrijven?'

Olaf buigt het hoofd.

De Bruyn heeft inmiddels zijn schriftje geopend. Hij kijkt naar zijn notities. Het lijkt alsof elk woord hem nog misselijker maakt dan het vorige.

'Barstensvol!' snauwt hij. 'Barstensvol dingen die je vooral níét moet doen. Ik had je nog zo gewaarschuwd! Als Hester de rol van Antigone krijgt, geeft dat alleen maar problemen!'

'Ik kon toch niet doen alsof ik doof was? Hester vroeg zelf om Antigone te mogen spelen.'

De Bruyn schudt het hoofd en zucht om zoveel naïviteit.

'Soms moet je leerlingen durven te negeren. Ze vragen constant om aandacht. Als je daar altijd op ingaat, geef je op den duur geen les meer.'

Er valt een pauze. Elke seconde lijkt eindeloos te duren. Eindelijk slaat De Bruyn het schriftje dicht. Gelukkig begint hij niet ook nog eens alle aanmerkingen voor te lezen.

'Oké', zegt hij dan en zijn stem klinkt eigenaardig genoeg plotseling wat vaderlijk. 'Iedereen heeft recht op een misser. En ik heb het al gezegd: ik zie ook heel wat kwaliteiten in jou. Ik wil hierover zwijgen. Maar dan zorg jij er wel voor dat je dit brandje geblust krijgt. Als ik mijn bedenkingen over deze les in mijn stageverslag moet uitschrijven, kun je je toekomstige job wel vergeten.'

En zonder een verbouwereerde Olaf nog de kans te geven iets te antwoorden, draait meneer De Bruyn zich om en stoomt de lerarenkamer tegemoet. Hij hoopt maar dat zijn collega's nog wat koffie hebben overgelaten.

'De rat?' vraagt Dave. 'Meen je dat echt?'

Stefanie knikt. Ze heeft een verbeten trek om haar mond. Daar kan zelfs het flauwe winterzonnetje dat na de regenval van de voorbije uren de fietsen- en brommerstalling opwarmt, geen verandering in brengen.

'Maar dat beest betekent alles voor haar.'

'Daarom juist! Ik wil haar raken! Ik wil dat ze dit zich haar leven lang herinnert.'

'Dat is echt wel zwaar, hè', vindt Brian. 'Alleen omdat ze die rol krijgt en omdat Olaf haar een beetje te lang in de ogen kijkt.'

Er klinkt twijfel door in zijn stem. Stefanie hapt naar adem en kijkt hem dan met haar meest verleidelijke glimlach aan.

'Olaf interesseert mij niet.'

'Dat zag er daarnet wel even anders uit.'

'Daarnet, dat was toneel.'

De schittering in haar ogen geeft Stefanie iets heel aantrekkelijks. Het is ook de eerste keer dat ze Brian zo openlijk verleidt. Hij glimlacht terug. Zonder haar ogen af te wenden legt Stefanie een hand op zijn arm.

'Eigenlijk is het een soort goede daad. Ratten verspreiden ziektes. De pest en cholera en zo. Ze hebben miljoenen doden op hun geweten.'

Brian schuift tegen haar aan.

'Als je het zo bekijkt, heb je gelijk.'

'Natuurlijk heb ik gelijk', glimlacht Stefanie. 'Ik heb altijd gelijk.' Met één vinger raakt ze Brians wang even aan.

Dan maakt ze zich van hem los en trekt een zak chips uit de automaat.

'Wil jij een cola voor me halen?'

Ze wijst naar de drankenautomaat enkele meters verderop.
Brian loopt er gedwee naartoe. Stefanie neemt één enkel
chipje en legt het plat op haar tong. Ze keert zich naar Dave.
Hij kijkt naar het chipje en hij kijkt naar haar tong. Ze maakt
geen aanstalten om te kauwen. Ze blijft onbeweeglijk staan,
het chipje op haar tong. Als hij roze en wat dikker zou zijn,
leek het wel een tong op een tong.
'Tja, het zijn natuurlijk vieze beesten', zegt Dave dan, 'en ze
planten zich heel rap voort.'
Stefanie glimlacht en begint te kauwen.
'Je cola', zegt Brian, die op dat moment bij haar komt.
'Geen tijd', vindt Stefanie. 'Op naar het spookhuis!'
Nog voor Dave op zijn brommer heeft kunnen plaatsnemen,
is ze al op het kussentje achterop gaan zitten.

9

Bij Hesters huis geeft Stefanie bevel om te stoppen. Ze kijkt op haar horloge.

'Het duurt zeker nog een kwartier voor Hester arriveert.'

'Tijd genoeg om onze slag te slaan', knipoogt Brian.

'We gaan toch niet inbreken?' vraagt Dave wat ongerust.

'We lopen geen enkel risico', glimlacht Stefanie. 'Ik heb gisteravond nog wat in haar dagboek gelezen. Daarin staan een aantal interessante weetjes...'

'Zoals?'

'Een: de achterdeur staat altijd open. Twee: de rat zit in een kooi. Drie: Hesters vader doolt de hele dag door het bos. Hij is zelden thuis.'

'Zelden...' herhaalt Dave. 'En als hij nu toch toevallig thuis is?'

'Dan komen we lootjes verkopen!' antwoordt Stefanie. Ze springt van de brommer en loopt naar het huis. De jongens twijfelen even. Moeten ze haar volgen?

'Meekomen!' beveelt ze zonder om te kijken. 'Maar zet eerst de brommers met hun snuit in de andere richting. Als er wat misgaat, kunnen we er onmiddellijk vandoor.'

Dave en Brian doen wat er gevraagd wordt. Aarzelend schuifelen ze dan naar Stefanie, die al bij de voordeur staat.

'Zouden we dit wel doe...' begint Dave nu toch te twijfelen.

'Ssst!' sist Stefanie.

Overal waar ze aanbelt, telt ze tot driehonderd. Als er dan nog niet is opengedaan, is er niemand thuis, weet ze uit ervaring. Dit keer doet ze er nog twintig tellen bovenop. Ze wil geen enkel risico lopen.

'Oké. Ik ga achterom. Jullie houden hier de wacht!'

Ze verdwijnt achter het huis. Dave voelt hoe zijn hart sneller begint te kloppen. Hij kan zich wel voor de kop slaan dat hij zich tot zo'n gevaarlijk spelletje heeft laten verleiden.

Gelukkig is Stefanie verrassend snel terug. Ze drukt de onrustig spartelende rat tegen zich aan en springt achter op Daves brommer.

'Rijden maar!'

Ze snorren ervandoor.

De hele weg van school naar huis stuiteren er vragen door Hesters hoofd. *Kun je verliefdheid spelen? Kun je de intensiteit in je blik zo opdrijven dat je tegenspeler elk woord gelooft van wat je zegt? Is de leraar écht verliefd op mij?*

Als tennisballen ketsen de vragen tegen de blinde muur van haar verstand. *Waarom zei Olaf meteen na mijn acteerprestatie dat hij genoeg wist? Wat bedoelt hij daarmee? Weet hij dat ik talent genoeg heb om de rol van Antigone te spelen of weet hij dat ik smoorverliefd op hem ben?*

Hester heeft geen antwoord op die vragen. Ze ziet alleen Olafs ogen die dwars door haar heen kijken, hoort voor de zoveelste keer diezelfde woorden: *Als ik eraan denk dat ik niet van jou zal zijn, voelt het alsof er iets dood zal gaan in mij...*

Die tekst stond er helemaal niet, herinnert ze zich. Olaf kende

de toneelbrochure uit het hoofd, maar toch zei hij dingen die
niet in de tekst stonden. Alsof hij geen toneel meer speelde,
maar gewoon alles zei wat er in hem opkwam...
Het verwart haar zo dat ze even blijft staan en diep ademhaalt.
Na wat er met mama gebeurd is, had ze zich voorgenomen
om nooit meer van iemand te houden. Gewoon, omdat het te
veel pijn doet als die persoon uit je leven verdwijnt. Maar papa
wás er natuurlijk al en hoewel het niet altijd tot hem lijkt door
te dringen, houdt ze heel veel van hem. En toen is Maarten
gekomen en nu is Olaf er... Het maakt haar blij en onzeker
tegelijk. *Wat doe ik hiermee? Vertel ik alles aan papa? Of zeg ik
hem alleen maar dat alles erop wijst dat ik de hoofdrol in*
Antigone *zal krijgen?*

Bij het atelier voelt ze aan de deur. Naar vaste gewoonte is die
op slot.
'Papa?'
Geen antwoord. Wellicht is hij weer in het bos.
Ze gaat naar binnen, naar Maarten. Onmiddellijk ziet ze de
lege kooi. Het deurtje staat open. Raar! Hoe kan dat nu?
'Maarten?'
Ze hoort geen trippelende pootjes, geen gesnuffel. Ze legt wat
graankorrels in haar hand.
'Maarten?'
Geen reactie.
Is Maarten erin geslaagd om zelf het deurtje te openen? Het is
zo'n slim beest. Misschien voelde hij zich rot omdat hij de
hele dag werd opgesloten?
Terwijl ze zijn naam blijft roepen, gaat ze van de ene kamer naar
de andere. Ze zoekt onder het krakende bed en achter de sofa

waarvan het hout vol kleine gaatjes zit. Memel, ongetwijfeld. Ze
daalt zelfs de trap af naar de muf ruikende kelder.

Pas als ze terug in de woonkamer neervalt op een stoel,
realiseert ze zich dat Maarten onmogelijk zelf het haakje kan
losmaken. Geen enkele rat zou dat kunnen.

Er blijft slechts één mogelijkheid over: papa heeft Maarten
meegenomen naar het bos. Maar waarom zou hij dat doen?
Ze snapt er niets van, voelt zich alleen hoe langer hoe
ongeruster worden. Ze neemt snel een snee brood uit de kast.
Omdat er bijna niet van het brood gegeten wordt, is het droog
en onsmakelijk geworden. Ze zou het liever weggooien, maar
weet dat ze moet eten. En ze moet Maarten vinden, dat is nog
veel belangrijker!

Via de tuin belandt ze op het bospad. Nu pas merkt ze de
bandensporen op. Omdat het de hele dag geregend heeft, zijn
de paden glad en slijkerig. Ze kan de verse afdrukken in de
modder zien. Van brommers, weet ze. Fietsen laten een heel
ander spoor achter.

Onwillekeurig denkt ze aan Brian, Dave en Stefanie. Zijn ze
weer in de buurt geweest? Waarom dan wel? Hebben zij iets
met de verdwijning van Maarten te maken?

Ze voelt hoe de paniek nu plots haar keel dichttrekt. Alsof het
hard geworden brood in haar slokdarm blijft steken. Zonder
erbij na te denken, begint ze te rennen. Het bospad op. Ze
moet haar vader vinden. Ze moet weten wat er met Maarten
aan de hand is.

In het licht van de zakkende zon stijgen dampen uit de
vochtige grond op. Vanaf het bospad roept ze haar vader. Even
meent ze in de verte een geluid te horen. Over de drassige
bodem slingert ze er tussen de bomen naartoe.

'Papa?'

Ze moet zich vergist hebben. Papa antwoordt niet. Waar kan hij zijn? Waar kan Maarten zijn? In paniek rent ze verder. Pas na een hele poos staat ze stil en kijkt hijgend om zich heen. Het bos ademt een vijandige stilte. Niet eens zo heel ver van haar vandaan klimt een eekhoorn tegen een stam omhoog. Ongelooflijk toch, hoe zo'n beest moeiteloos naar boven schiet. Hij moet vast heel scherpe nagels hebben.

Meteen denkt ze aan Maarten. Met zijn scherpe nagels deed hij haar soms ongewild pijn. Is er een verband tussen die nagels en de schrammen op papa's armen? Heeft papa Maarten eerder al mee naar het bos genomen? Maar waarom dan?

Nadenkend vervolgt ze haar tocht. Tot haar ontzetting merkt ze dat ze de weg kwijt is. Nergens is er nog een spoor van het bospad te bekennen. Intussen wordt het hoe langer hoe donkerder en komt de wind opzetten. Ze hoort de bomen kreunen. Hebben bomen ook verdriet?

Na een hele tijd komt ze op de plaats waar ze haar vader eerder in het bos gezien heeft. Ze is er heel zeker van dat ze zich niet vergist. Het moet deze struik zijn. Ze heeft er zo intens naar gekeken dat ze die struik uit duizenden andere zou herkennen.

Ze holt ernaartoe, kijkt erachter. Niets! Geen spoor meer van wat papa toen in zijn armen hield. Achter haar rug heeft hij blijkbaar alles netjes opgeruimd. Wat gebeurt er toch allemaal dat zij niet mag weten?

De wind is intussen in kracht toegenomen en het is in korte tijd behoorlijk donker geworden. Langs de lange stammen probeert Hester wat van de lucht te zien. Geen maan, geen vader, geen Maarten.

Samen met de eerste druppels overvalt haar een nieuwe golf van angst. Niet de regen of de opkomende duisternis maakt haar bang, wel de onzekerheid. Haar redenering klopt niet. Papa heeft Maarten niet meegenomen op een tocht door het bos. Hij vergeet hem eten te geven en gunt hem geen blik. Waarom zou hij dan in godsnaam samen met die rat het bos ingaan?!

Onwillekeurig denkt ze terug aan de bandensporen die ze gezien heeft. Hebben Stefanie, Brian en Dave misschien iets met de verdwijning te maken?

Voor de tweede keer die avond scheuren de brommers over het bospad, op weg naar Hesters huis. De regen valt inmiddels met bakken uit de hemel. Hoewel de jongens hun lichten hebben aangezet, slagen ze er niet in de grote plassen te ontwijken. Stefanie voelt hoe het water en het slijk tegen haar benen opspatten. Ze gruwt ervan.

Maar de wraak zal honingzoet zijn.

Als ze bij het huis arriveren – er brandt nog altijd geen licht, stelt Stefanie tevreden vast – springt ze op de zompige grond. Uit zijn achterzak haalt Brian een doorweekte bivakmuts die hij over zijn hoofd trekt.

'Ik weet niet wat jullie van plan zijn, maar ik word liever niet herkend...'

In de maanloze schemering ziet hij er heel angstaanjagend uit. Stefanie en Dave kijken elkaar wat schaapachtig aan. Waarom hebben zij er niet aan gedacht om zich onherkenbaar te maken?

Hoewel het niet echt koud is, staat Stefanie toch te rillen in haar dikke anorak. Die rotregen ook! Ze is helemaal doorweekt. Zelfs de spiertjes rond haar mond lijken niet te bewegen zoals het hoort.

'Vlug! Vlug!'

Brian graait een plastic zak van zijn stuur en rent ermee naar Hesters huis. Onderweg haalt hij er de dode rat uit. Dave, die altijd wat trager is, volgt op een afstand met een andere zak. Als hij ziet dat Brian al bij de deur van het atelier is, sist hij hem toe: 'Daar niet! De voordeur!'

Ze spurten naar de voorkant van het huis. Brian houdt de rat voorzichtig bij zijn pootjes vast. Hij durft er niet aan te denken: zijn hand in die bloederige smurrie. Dave heeft intussen een paar spijkers tussen zijn tanden gestoken. In zijn rechterhand houdt hij een hamer.

Terwijl de eerste hamerslagen boven het geluid van de neergutsende regen opklinken, wipt Stefanie van de ene voet op de andere. Met opeengeklemde lippen kijkt ze gejaagd om zich heen. Als Hester of haar vader nu maar niet opduikt. Het geluid klinkt veel harder dan ze zich had kunnen voorstellen. Het zindert na in het doorweekte bos.

Het kloppen duurt ook veel langer dan ze verwacht had. Ze vloekt. Zo lang kan het toch niet duren om een paar spijkers door de poten van dat stomme beest te slaan?

Eindelijk komen Brian en Dave weer naar haar toegelopen. Ze springen op hun brommers, Stefanie achterop. Ze begint nu zo te sidderen dat ze, tegen haar gewoonte in, haar armen rond Daves middel slaat.

Met de bivakmuts nog altijd over zijn hoofd gaat Brian er als eerste vandoor. Dave suist hem achterna. Hij is zo gespannen dat hij niet eens voelt dat de modder in zijn gezicht spat.

Hoewel de regenvlaag voorbijgetrokken is, is de wind niet gaan liggen. In de woelige lucht botsen de wolken driftig tegen elkaar. Toch is het weer wat lichter geworden.

Dan toch één meevaller, denkt Hester. Ze is blij dat ze niet in het pikdonker haar weg door het bos hoeft te zoeken. Ze is inmiddels tot op het bospad gesukkeld. Ze voelt zich zo moedeloos en uitgeput dat ze niet eens meer probeert om de plassen te ontwijken maar er gewoon door loopt. Het lijkt wel alsof haar doorweekte kleren en schoenen alle energie uit haar lijf zuigen. Ze hoopt dat het licht al brandt in huis, dat papa met Maarten op zijn schoot bij het brandende haardvuur zit en dat hij een even stomme als logische verklaring voor hun gezamenlijke verdwijning heeft.

Niet, dus! Als ze de laatste bocht uitkomt, ligt het huis er in de vage schemering nog altijd even donker en angstaanjagend bij. Hester vraagt zich af waarom papa van alle huizen in de wereld in godsnaam dit bouwvallige griezelhuis heeft uitgekozen om in te gaan wonen.

In gedachten verzonken loopt ze het tuinpad op, blijft plotseling als gebiologeerd staan.

Een witte vlek... Een witrode vlek op de voordeur...

Schoorvoetend gaat ze dichterbij. Dan schreeuwt ze het uit.

Het konijn! Hoe komt het opengespalkte konijn van mevrouw Maes op de voordeur?!

Op trillende benen gaat ze nog wat dichterbij. In de vage schemering ziet ze...

Dit is geen konijn... Dit is...

Het lijkt alsof de wereld als drijfijs onder haar voeten wegschuift.

'Dit... Dit kan niet!'

Maar ze ziet wel degelijk wat ze ziet.

Tegen de voordeur hangt een bloederig opengespalkte rat. Uit de gedeeltelijk opengesneden buik puilen een paar blauwrode ingewanden naar buiten.

Met opengesperde ogen blijft ze er seconden lang naar staren.

Het lijkt alsof ze niet meer reageren kán, alsof haar hele lichaam vastgevroren is en alsof zijzelf, net als de rat, meedogenloos aan handen en poten in het halfrotte hout van de deur werd vastgespijkerd.

'Maa... Maarten!' is alles wat ze eruit krijgt.

Maar de rattenkop die zielloos aan het lichaam bungelt, reageert niet. Hij richt zich niet op en in de altijd zo levendige oogjes is totaal geen reactie te zien.

Even lijkt het alsof ook Hesters ingewanden eruit zullen komen, alsof ze haar hele buik binnenstebuiten zal kotsen. Dan keert ze zich met een ruk om.

'Papa! Papa!'

Ze rent gillend naar het atelier, bonkt in wanhoop op de deur. Er komt geen antwoord. Het lijkt alsof de wereld plots begint te verdrinken. Overal waar Hester kijkt, ziet ze troebele beelden. Verdronken tuinpad, verzopen achterdeur, zelfs de gebluste kalk op de ramen van het atelier lijkt uitgelopen. In een flits realiseert ze zich dat het tranen moeten zijn, veegt met de rug van haar hand over haar ogen.

Het helpt niet. Alles blijft troebel. Dan voelt ze hoe haar maag zich opnieuw omkeert. Ze buigt naar de grond. Terwijl ze in een flits het beeld van de opengereten buik – een schuimende wenteling van paars en rood – voor haar ogen ziet verschijnen, komt het er gulp na gulp uit. Zelfs als er allang niets meer te kotsen valt, krimpt haar maag nog altijd samen. Uiteindelijk trekt ze een pluk gras uit de grond en veegt er haar mond mee af.

Katten doen dat ook. Katten eten gras als ze moeten braken.

Het gaat weer wat beter. Met haar hand zoekt ze in de doorweekte zak van haar jasje tot ze een natte zakdoek vindt. Ze snuit haar neus. Zelfs die lijkt vol braaksel te zitten. Haar hoofd staat nog altijd op springen. Hoewel haar maag niet langer samentrekt, trilt ze nog altijd op haar benen.

'Papa...'

Ze moet hem spreken! Ze moet hem het vreselijke nieuws vertellen. Waar kan hij zijn? In het bos was hij niet... en in het atelier lijkt hij ook al niet te zijn.

Ze kijkt in paniek om zich heen. En dan ziet ze... Op de grond voor de deur...

'O nee! Dit niet! Niet nu... Niet vlak nadat Maarten...'

Omdat ze zekerheid moet hebben, wankelt ze het huis in. Vertwijfeld tast ze naar de zaklantaarn die op een stoel ligt. Ze neemt niet eens de tijd om hem rond haar hoofd te binden, staat al opnieuw voor het atelier, richt het licht op de grond, schrikt zo hard dat ze de zaklantaarn meteen weer uitknipt. Nu is ze er zeker van! Op de loszittende tegels zitten kleine roestbruine vlekjes.

Waren die bloedvlekken hier al eerder?

Ze kan het zich niet herinneren, denkt enkel aan haar moeder, die ze met opengesneden polsslagaders op de vloer van de badkamer gevonden heeft. Van onder de op slot gedraaide deur was er een onooglijk straaltje bloed naar buiten gevloeid, dat Hester als eerste gezien had.

Hoewel het overgeven gestopt is, lijkt het alsof de druk in

Hesters slapen nu toch weer begint toe te nemen. Haar hoofd voelt alsof er een prop glaswol in zit. Ze trekt wit weg en zoekt steun tegen de muur. Ze sluit haar ogen en ziet haar vader languit in een bloedplas liggen, het opgespalkte lichaam van Maarten aan zijn zij.

Met een bovenmenselijke inspanning schudt ze uiteindelijk de beelden van zich af, draait zich om en rent in haar doorweekte kleren struikelend het kletsnatte bos in.

10

Hester klemt de zaklantaarn nog altijd in haar hand. Toch knipt ze hem niet aan. Blindelings rent ze het bospad op. Nog voor de eerste bocht struikelt ze over een wortel en valt plat op haar buik in een plas.

Een scherpe pijn snijdt door haar borst. Ze hoort hoe het water opspat, voelt het tot op haar blote lijf. Modder kleeft tussen haar tanden, plakt aan haar wangen. *Ik blijf hier liggen tot ik doodga,* denkt ze.

Tegelijk komt er een vaag verlangen naar Olaf in haar op. *Raap me op! Iemand moet me toch oprapen?*

Maar Olaf is er niet en als hij er wel zou zijn, dan heeft hij er vast geen idee van hoe koud en levenloos Hester is. Al haar bloed is weggevloeid. Het wil niet meer. Net als mama en papa en Maarten, die al hun bloed verloren hebben, net als Antigone ook, hoort ze nu bij de schimmenwereld.

Toch weet ze dat ze niet in deze plas kan blijven liggen. Ze moet verder. Ze moet naar het dorp om hulp te zoeken. Iemand moet de deur van het atelier openbreken en papa in haar plaats vinden. Ze wil hem niet als eerste zien. Niet nadat ze mama en Maarten al eerder dood heeft gevonden.

Moeizaam komt ze overeind. Het vieze water druipt uit haar

kleren. Even beeldt ze zich in dat het bloed is. Ze trilt op haar knieën, die stram aanvoelen.

Struikelend vervolgt ze haar tocht. Haar ogen, die inmiddels aan het donker gewend zijn, onderscheiden struiken en bomen. Ze wil de zaklantaarn aanknippen, maar kan hem nergens vinden. Heeft ze hem tijdens de val in de plas laten vallen?

Omdat ze toch de andere kant uit moet – als ze hulp wil vinden, moet ze naar het dorp toe, niet dieper het bos in – keert ze op haar stappen terug.

Aan de rand van de plas ligt de zaklantaarn. Ze pakt hem en knipt hem aan. Ondanks het water doet hij het nog. Tegelijk beseft ze dat ze de zaklantaarn eigenlijk niet meer nodig heeft. In het dorp branden immers straatlantaarns. Zelfs de schimmen gooien er hun schaduwen op de grond.

Als ze de voordeur met de opengespalkte rat passeert, wordt het haar opnieuw te machtig. Ze valt tegen een boom aan, schuift naar beneden, blijft ineengedoken zitten. Ze kijkt naar de lucht. Tussen de wijkende wolken ziet ze de maansikkel. Sinds ze hier woont, is hij nauwelijks groter geworden.

'Mijn as moet bij vollemaan over de akkers worden gestrooid', had mama op haar afscheidsbriefje gekrabbeld. *Zou papa dezelfde wens hebben? En Maarten, hoe zit het dan met Maarten?* Ratten schrijven geen afscheidsbriefjes.

Black-out.

Als Hester zich weer bewust wordt van de situatie, merkt ze tot haar eigen stomme verbazing dat ze zich op een asfaltweg bevindt. Ze loopt door een miezerige regen in de richting van het dorp. Ze heeft het koud en warm tegelijk. Haar wangen gloeien en toch begint ze soms te klappertanden. Heeft ze koorts? Moet ze zelf ook hulp zoeken? Een dokter misschien? Maar welke dokter dan? Hester woont nog maar pas in het dorp, ze heeft er nog niet eerder een dokter bezocht.

Misschien moet ze geen dokter vinden, alleen maar iemand die Maarten van de deur kan halen en als eerste het atelier binnen durft. Waar vindt ze zo iemand?

Ze kan niet meer denken. Ze ziet enkel die walsende stroom van beelden in haar hoofd. Mama in een bloedplas op de vloer van de badkamer; bandensporen voor het huis; Maartens opengespalkte lijf tegen de voordeur; druppels op de tegels voor het atelier...

Als ze weer tot zichzelf komt, loopt ze door de winkelstraat. Verderop ligt het dorpsplein. Ze heeft nog niet één keer naar de huizen en naar de gevels gekeken. Hoe kan ze op die manier ooit het naambord van een dokter vinden? Nu pas dringt het tot haar door dat het opnieuw gestopt is met regenen. Hoe lang doolt ze nu al als een zombie door de straten?

Dan hoort ze een verbaasde stem.

'Hester?'

Is Olaf er echt of is het gewoon een van de vele verwarde beelden in haar hoofd?

'Wat doe jij hier? Wat zie je eruit!'

Hij kijkt haar bezorgd aan. Hij heeft een zakje met frieten in zijn handen. Ze veronderstelt tenminste dat het frieten zijn. Het is nog ingepakt, maar ze kan frieten ruiken.

'Papa!' wauwelt ze. 'De deur moet open. Ik krijg hem in mijn eentje nooit open.' Als hij haar niet-begrijpend aanstaart, gaat ze met koortsige ogen verder. 'Zijn as moet bij vollemaan over de velden worden uitgestrooid. Mama wilde het zo...'

Olaf antwoordt niet. Onthutst slaat hij zijn arm om haar heen. Ze voelt zijn warmte door haar heen golven. Is hij er dan toch? Of kunnen droombeelden zo echt lijken dat je hun warmte kunt voelen?

'Je bent helemaal doorweekt! En je gezicht zit onder de modder. Wat is er gebeurd?'

'De... De maan', stamelt ze onsamenhangend. 'Mama hield zo van de maan.' En dan: 'Maarten is dood. Ze hebben hem opengesneden en tegen de voordeur genageld. En papa...'

Ze valt tegen hem aan, ziet eruit alsof ze elk ogenblik het bewustzijn kan verliezen. Voorzichtig leidt hij haar de straat uit, de hoek om.

'Stil nu maar. Ik houd je vast...'

Zo is het goed, denkt ze. *Een droombeeld dat me vasthoudt.*

Voor een groot huis met een bordeauxrode deur stopt hij. Hij legt de frieten even op de drempel. Terwijl hij haar blijft ondersteunen, zoekt hij met zijn andere hand naar een sleutel in zijn broekzak.

'Hier woon ik. Alles komt in orde.'

Zij aan zij schuifelen ze de smalle gang door, de eindeloze trappen op.

'Ik woon helemaal bovenaan. Het kleinste appartement.'

Hij leidt haar naar de sofa en laat haar daar plaatsnemen. Hoewel hij scherp moet luisteren, krijgt ze er nu toch weer enkele verstaanbare woorden uit.

'Ik... Ik maak alles nat. Sorry...'

Ze kan niet meer op haar benen staan, maar probeert toch overeind te komen. Het kost hem niet eens moeite haar tegen te houden.

'Blijf nu vooral rustig zitten. En sluit je ogen. Probeer aan niets meer te denken.'

Ze gehoorzaamt ogenschijnlijk. Maar zelfs met haar ogen dicht blijft ze onsamenhangend wauwelen. 'As...' en 'Maan...' en 'Bloed, het komt niet meer...' Ongerust houdt hij de rug van zijn hand tegen een van haar pioenrode wangen. Ze heeft koorts, hoge koorts, dat is overduidelijk.

Hij rent naar de aanpalende kamer, trekt de deken van zijn bed, slaat die om haar heen. Ze opent moeizaam haar ogen.

'Bedankt...'

Ze blijft rillen. En ze blijft ook onsamenhangend praten. Dat maakt hem ongerust.

Terwijl hij zijn arm weer beschermend om haar heen slaat, toetst hij met zijn vrije hand een nummer in op zijn gsm.

'Dokter?'

De dokter heeft het druk. Misschien heeft iemand net een hartinfarct gekregen. Maar als Olaf haar vertelt dat er een doorweekt meisje bij hem is, dat ze ijlt en onsamenhangende dingen uitkraamt, belooft ze toch zo snel mogelijk te komen.

'Doe eerst die natte kleren uit en zet haar in een warm bad. Misschien is ze wel onderkoeld.'

Olaf voelt zich er heel gegeneerd bij. Alsof hij op het punt staat iets te ontheiligen. Haar schoenen en bovenkleding vormen geen problemen, met de rest heeft hij het moeilijker. Uiteindelijk zit ze in haar bh en slipje naast hem.

'Verder kun je het zelf wel.'

Ze hoort hem niet, blijft met gesloten ogen zitten waar ze

zit, de deken rillend om haar heen geslagen.

Uiteindelijk trekt hij ook haar laatste kledingstukken uit.

Hoewel hij het probeert te vermijden, raken zijn bibberende handen haar fluweelzachte huid, zien zijn ogen haar kleine, maar o zo mooie borsten. Hij slikt even.

'En nu in bad. Kom.'

Hij trekt haar uit de sofa in de hoop dat ze zelf naar de badkamer zal stappen, maar ze zakt door haar benen. Terwijl het warme water nog altijd in het bad stroomt, neemt hij haar voorzichtig in zijn armen en draagt haar naar de badkamer.

Zo koud! denkt hij, als hij het blote, rillende lichaam in zijn armen voelt. *Ik wist niet dat een mens het zo koud kon hebben.* Niet zonder moeite legt hij haar in het warme water. Hij draait de kraan dicht. Even doet ze haar ogen open en kijkt met wazige en tegelijk verschrikte ogen naar het water.

'Bloed?'

Hij drukt een kus op haar voorhoofd.

'Het komt allemaal in orde. Ik zoek een koortsremmer, oké?' Ze wordt weer wat rustiger en knikt hem dankbaar toe. In de keuken doet hij een poedertje in een glas water en wacht tot het opgelost is. Dan komt hij ermee naar het bad gelopen.

'Hier, drink op... dat zal helpen.'

Tijdens het drinken dreigt ze weg te dommelen, maar als hij zachtjes aan een schouder schudt, drinkt ze toch alles op.

'En nu het bed in. Kun je opstaan?'

Ze reageert niet eens. Hij loopt naar de slaapkamer en legt vier handdoeken op het bed als een lappendeken van kleuren. Niet zonder moeite tilt hij haar dan uit het bad en draagt haar naar zijn bed. Zijn hemd en broek zijn nu op hun beurt kletsnat, maar dat kan hem niet schelen.

Voorzichtig slaat hij de handdoeken om haar heen en begint haar droog te wrijven. Onder de badstof kan hij haar vormen voelen. Ze is zo mooi en zo ziek dat hij er verdrietig van wordt.

Nog voor ze helemaal droog is, gaat de bel.

'Dat zal de dokter zijn. Blijf hier maar liggen.'

Snel haalt hij de donsdeken van de sofa en legt dat over haar heen. Dan snelt hij naar beneden.

Op de stoep, met de deurkruk nog in zijn hand, blijft hij roerloos staan.

Is dat de dokter?

Ze is veel jonger dan hij verwacht had. Hij kent haar niet, heeft op goed geluk de eerste dokter gebeld die hij in het telefoonboek vond. Hij woont hier nog maar pas. Een neef van hem is voor een paar maanden op ontwikkelingshulp naar Malawi vertrokken. Het appartement stond leeg en omdat Olaf toevallig in hetzelfde dorp zijn stage moest doen, mocht hij er gebruik van maken.

'Van hieruit zal ik niemand kunnen genezen', zegt de vrouw.

Ze heeft een fijne huid en prachtig gebogen wenkbrauwen. Eén blonde lok hangt over haar witte voorhoofd. Hij moet onwillekeurig aan een engel denken. 'Sorry. Kom binnen.'

Hij draait zich om en loopt de trap op.

'Als u me wilt volgen?'

Hij hoort geen geluid achter zich.

Alsof ze zweeft, denkt hij, terwijl hij vluchtig naar haar rode schoentjes kijkt.

In de slaapkamer kijkt ze met een bezorgde blik naar Hester, die onder de dikke donsdeken onrustig ligt te woelen.

'Uw vriendin?'

Hij schudt eerst het hoofd, knikt dan toch. Misschien zal de dokter ingrijpen als hij haar zegt dat hij dat blote meisje in zijn bed nauwelijks een paar dagen kent. Dan laat ze haar ongetwijfeld naar het ziekenhuis overbrengen. Dat mag niet gebeuren. Hester moet nu bij hem blijven. Hij moet voor haar zorgen.

'Ik geef ook les aan haar', zegt hij dan. 'Ik ken haar ook als leerling.'

De dokter bekijkt hem onderzoekend. Geeft het haar vertrouwen, een leraar die voor zijn leerling zorgt? Of juist niet? Misschien had hij dit beter niet verteld.

'Wat is er met haar gebeurd?'

'Ik kwam haar toevallig tegen. Ze was helemaal doorweekt en ze zat onder de modder. Ze rilde van de kou en zei de raarste dingen. Ze had het voortdurend over de maan en over bloed. Bloed dat gestopt was. Ik kon er geen touw aan vastknopen. Ik heb haar maar mee naar binnen genomen en naar u gebeld.'

'En haar ouders?'

'Ik zal hen dadelijk bellen. Ik heb eerst op u gewacht.'

De dokter knikt alleen maar. Ze kijkt even naar Olafs doorweekte hemd en dan naar Hesters blote schouder die boven de donsdeken komt piepen. Wellicht blijft ze het raar vinden, die blote studente bij haar leraar in bed.

'Kunt u ons nu even alleen laten?'

In de woonkamer zet Olaf een cd met klassieke muziek op. Hij neemt het zakje koud geworden frieten en gooit het in de vuilnisbak. Dan gaat hij op de sofa zitten met zijn gsm in zijn hand. *Meneer De Bruyn moet via de school het adres van haar ouders te weten kunnen komen.*

Maar meneer De Bruyn heeft hem een noodnummer gegeven
'voor heel speciale gevallen'. Is dit wel speciaal genoeg? Zal
Olaf hem na de uit de hand gelopen les nog bellen?
'Hallo, meneer De Bruyn? Hester is bij mij. Ze ligt in haar
blootje in mijn bed...'
Hij legt zijn gsm weer op de hoek van de tafel waar hij meestal
ligt.
*Ze moet hier blijven. Als er iemand is die voor haar kan zorgen,
ben ik het wel.*

Hester doet haar ogen open en sluit ze onmiddellijk weer.
Mama, denkt ze. *Maar waarom is mama blond? Komt dat door
het schijnsel van de maan?*
De stem van haar moeder klinkt veraf: 'Hoe gaat het ermee?'
Hester hoort de woorden, maar ze dringen niet tot haar door.
Ze begint opnieuw te klappertanden.
'Ik word nooit meer warm', fluistert ze. 'Dat is mijn straf.'
'Ik luister...'
Hesters hart springt op. Dat is mama's openingszin bij het
maanfeest! Opeens zit ze weer rond het vuur tussen de
vrouwen. Een van hen doet haar verhaal. Pas als de hete thee
rondgaat, geven de anderen commentaar en raad. Maar er
klopt iets niet. Ook al zit ze rond het vuur en drinkt ze van de
hete thee, ze blijft klappertanden. En als ze haar ogen opent,
zijn de vrouwen verdwenen. Alleen haar mama is er nog.
Waarom spreekt ze zo zacht? Wil ze weten waarom ik ril?
'Ik heb het koud omdat het bloeden is opgehouden. Vroeger
bloedde ik wel, maar het is gestopt toen jij gestorven bent. Ik
wil het niet meer en daarom komt het niet meer.'
Ze ziet de frons op haar moeders voorhoofd, maar denkt er

niet aan te stoppen. Ze moet alles vertellen voor de maan
verdwenen is.

'Maarten is dood. Ze hebben hem met opengesneden buik
tegen de voordeur gespijkerd. Papa zal ook nooit meer
bloeden. Maarten niet, papa niet, jij niet en ik niet. Straks
zullen we als schimmen samen op de maan wonen.'

Wat gebeurt er nu? Haar moeder tovert een glazen buisje
onder haar linkerarm vandaan en kijkt er met een bezorgde
blik naar. Dan draait ze zich om en neemt iets uit haar tasje.

'Een heel klein prikje, meer niet.'

Hester begrijpt het niet. Krijgt ze een prik in haar arm om
naar de maan te gaan?

Als mama de injectienaald lostrekt, ziet Hester een onooglijk
spatje bloed verschijnen. Ze snapt er niets van.

'Ik... Ik kan het toch. Er zit toch nog bloed in mijn lichaam...'
Mama glimlacht geruststellend.

'Natuurlijk kun je bloeden. Alle vrouwen bloeden. Bloed is
wat hen met elkaar verbindt... en ook met de maan.'

Hester weet niet zeker of haar mama dit ook echt zegt. Ze ziet
haar lippen niet bewegen, maar ze hoort de woorden in haar
hoofd. De kamer wordt wazig en haar ogen wegen zwaar.
Toch wil ze niet in slaap vallen. Niet nu haar mama er is en ze
alle vragen kan stellen.

'Ben ik dan ook met de maan verbonden?'

'Natuurlijk, wij bloedden toch altijd samen bij vollemaan.
Weet je nog?'

Hester probeert het zich te herinneren. Het lijkt heel ver weg,
maar het klopt wel. Ze ziet mama's lippen opnieuw bewegen,
voelt intuïtief wat ze zegt.

'Je moet kiezen of je je vrouwelijkheid terug wilt of niet. Als je voor het leven kiest, dan kies je ook voor het bloed, zo is dat nu eenmaal.'

Het klinkt als iets om lang en diep over na te denken. Ze probeert de woorden vast te houden in haar hoofd. Misschien kan ze ze herkneden tot iets wat ze beter begrijpt. Het lukt haar niet. Ze voelt hoe ze langzaam wegglijdt. Dan komt er een dwingende gedachte in haar op.

'Jij hebt zelf niet voor het leven gekozen.'

Mama glimlacht geruststellend.

'Toch wel. Ik heb mij er ten volle aan overgegeven. Kijk maar wat ik allemaal heb achtergelaten: een prachtige dochter en alles wat er in mijn atelier staat en ook bij de mensen thuis. Enkele installaties werden zelfs gekocht door musea.'

'Maar je hebt ons in de steek gelaten.'

'Dat komt door die wisselende stemmingen. Ik kon er niet meer tegen. Vroeger ging ik van de hemel naar de hel, maar op het einde was er alleen nog de hel. Elke dag was een marteling.'

'Je had toch medicatie?'

'Ik kon die niet nemen. Ik wilde het niet.'

Terwijl de pauze valt, vallen ook de puzzelstukjes in elkaar. Voor het eerst wordt Hester alles duidelijk.

'Jij wilde geen pillen omdat je dan geen inspiratie meer had?!'

'Al die medicijnen maakten mij suf. Ik wilde niet doorgaan als een zombie, daarvoor hield ik te veel van het leven. Maar ik ben niet gekomen om over mij te praten. Ik heb iets voor je meegebracht.'

Waar hij vandaan komt, weet Hester niet, maar plotseling houdt haar moeder een rode appel in haar hand.

'Als je bijt, kies je voor je vrouwelijkheid. Zo is het altijd gegaan... Aan jou de keuze.'

Hester aarzelt. De appel ziet er smakelijk uit, maar ze moet opeens aan de heks van Sneeuwwitje denken.

Is dit een list? Is die blonde vrouw die op de rand van het bed zit mijn mama niet?

De rode schil blinkt in het maanlicht. Pas dan ziet Hester op de lange, witte vingers die de vrucht vasthouden een bruine nicotinevlek.

'Aan jou de keuze', herhaalt de vrouw naast haar.

Zodra Hester haar tanden in de glanzende schil zet, vallen haar ogen dicht. Nog één keer probeert ze ze open te doen. De appel mengt zich nu met het gezicht van de vrouw.

'Slaap nu maar.'

Dan lost het hoofd van de vrouw helemaal op in de kamer achter haar.

Terwijl Hester in een bodemloze put valt, hoort ze zichzelf nog één keer roepen.

'Mama?'

Als de dokter uit de slaapkamer komt, zet Olaf de muziek wat zachter.

'En?'

'Ik heb haar iets gegeven om de koorts te laten zakken. Ze zal nu wel slapen.'

Olaf merkt hoe de dokter hem argwanend bekijkt.

'Ik heb contact opgenomen met haar ouders', liegt hij. 'Ze komen zo snel mogelijk hiernaartoe.'

De dokter knikt gerustgesteld. Toch blijft ze een bezorgde trek om haar mond houden.

'Het is niet alleen de koorts', zegt ze. 'Ze lijkt wel in shock. Er moet iets gebeurd zijn.'

'Zoals?'

'Iets wat haar helemaal overstuur heeft gemaakt. Ik vraag me nog altijd af of ik haar niet beter laat opnemen.'

Olaf schudt het hoofd. 'Ze is nu rustig. Als ze in het ziekenhuis wakker wordt, raakt ze vast nog meer overstuur.'

'Misschien wel', geeft de dokter toe. 'Maar ik kom morgen terug. Ik wil haar terugzien. Ik wil dit blijven volgen.'

11

Enkele uren later opent Hester moeizaam haar ogen. Hoewel het in de kamer schemerig is, knippert ze toch tegen het licht. Ze ziet een plafond, muren, een luster die ze niet kent.

Waar ben ik?

Langzaam komen er herinneringen boven. Bandensporen in het slijk, een verloren dagboek, Maarten als een platgeslagen vleermuis tegen de voordeur gespijkerd... Maar dat heeft allemaal niets te maken met de plaats waar ze zich nu bevindt.

Ze probeert opnieuw tussen haar loodzware wimpers door te gluren. Het lijkt wel of ze vastgeplakt zitten.

In de hoek van de kamer, onder een leeslamp, herkent ze Olaf, een boek op zijn schoot. Hij glimlacht haar bemoedigend toe.

'Hoe gaat het er nu mee?'

Bezorgd komt hij naar haar toe, gaat naast haar zitten, legt een heerlijk koele hand op haar voorhoofd.

'Je koorts is gelukkig verdwenen.'

Ze snapt er niets van. *Koorts? Hoe kom ik hier? Waar heb ik Olaf ontmoet? En waarom kost het me zo'n moeite mijn ogen open te houden?* Ze doet ze weer dicht. Meteen ziet ze weer het haarscherpe beeld van haar dooie rat tegen de voordeur.

Met een schok veert ze op.

'Papa... Papa is in het atelier...'

'Rustig maar. Het komt allemaal goed.'

Olaf trekt de deken weer over haar heen. Nu pas bemerkt ze dat ze naakt is. *Wat is er gebeurd? Hebben we seks gehad?* Terwijl ze de deken wat vaster om zich heen trekt, meent ze een vrouwelijke parfumgeur te herkennen.

'Een vrouw... Ik heb mijn mama gezien...'

'De dokter heeft je onderzocht. Ze heeft je een spuitje gegeven.'

Ze sluit opnieuw haar ogen, ziet de verse bloedsporen op de tegels voor papa's atelier.

'Hij is dood! Hij moet dood zijn!'

'Wie?'

'Papa! Hij moet dood zijn. Hij heeft zich in het atelier opgesloten en hij is dood. Dat kan niet anders. Hij is dood! Net als Maarten en net als mama!'

Het lijkt alsof haar paniek in Olafs ogen weerspiegeld wordt.

'Wat bedoel je toch? Ik snap er niets van. Is je moeder dan gestorven? En wie is Maarten?'

En dan komt het er met horten en stoten uit.

'Mama heeft zelfmoord gepleegd. Een paar maanden geleden...'

'Zelfmoord?'

'Ze was kunstenares... manisch-depressief. Het ene ogenblik overgelukkig, het volgende ogenblik... alles zwart. Het was... Het was niet haar eerste poging. Ze had al eens pillen geslikt. Papa had haar toen gevonden. Hij had haar maag laten leegpompen. Razend – ze was er razend om. Volgende keer... Volgende keer doe ik het beter, had ze voorspeld. Ze heeft

woord gehouden. In de badkamer... Haar polsen... De deur
was op slot. Een bloedstraaltje. Onder de deur uit. Ik riep haar
naam... Er kwam geen antwoord. Papa had reservesleutels
van alle deuren laten maken. Ik heb... Ik heb die van de
badkamer genomen en ben... ben naar binnen gegaan. Ze lag
op de grond. In haar pyjama. In een rode plas.'
Hester stopt en kijkt met grote pupillen naar Olaf. Die zit er
ineens lijkwit bij.
Dit verklaart alles, denkt hij. *Ze staat even dicht bij de dood als
Antigone.*
'Papa is er aan onderdoor gegaan', gaat Hester toonloos
verder. 'Hij is weer begonnen met drinken. Hij werd gek in het
huis waar ze samen geleefd hadden... Heeft het verkocht.
Nadien zijn we hier komen wonen. In het spookhuis. Papa zit
hele dagen in zijn atelier. Of zwerft door het bos... Tot
gisteren. Toen...'
Ze stokt en trekt de deken dichter om zich heen. Ze krimpt tot
een bolletje samen.
'Wat is er gisteren gebeurd?'
In een flits ziet ze het allemaal weer voor zich.
'Bandensporen. Nee, eerder. Het begon toen ik de rol van
Antigone kreeg. Toen wist ik het al... Stefanie haat mij. Ze wil
me kapotmaken. Opeens was ik mijn dagboek kwijt. Ze moet
het gelezen hebben. Ze is samen met Brian en Dave naar me
toe gereden... En toen hebben ze... Maarten... Het moet zo
gebeurd zijn. Het kan niet anders...'
'Maar wie is Maarten toch?'
'Mijn rat. Ze hebben hem gedood. Ze treiteren me al vanaf het
eerste uur. Stefanie moet mijn dagboek gelezen hebben. Ze
weet... Ze weet dat Maarten mijn... mijn vriend is. Ze hebben

hem te pakken gekregen. Vermoord. Ze hebben hem tegen de voordeur gespijkerd!'

'Wat?!'

Olaf ziet krijtwit van verontwaardiging. Het lijkt alsof hij de schuldigen in zijn eentje te lijf wil gaan.

'Opengesneden. Alles puilde er uit. Ik wou papa roepen, maar er waren druppels. Bloeddruppels. Voor de deur van zijn atelier. Hij is mama achterna! Het is hem te veel geworden!'

Nu pas wordt de omvang van het drama Olaf duidelijk. Hij springt op.

'We moeten naar je vader toe. Nu!'

Het lijkt alsof hij verwacht dat Hester zomaar samen met hem de trap zal afstormen, het huis zal uitlopen. Dan dringt het tot hem door dat ze nog in haar blootje is.

'Je kleren. Ze waren doorweekt. Ik heb je in een warm bad gezet.'

Ze kijkt hem vol verbazing aan.

'Heb jij me dan... Heb jij al mijn kleren uitgedaan?'

Hij voelt hoe het schaamrood hem naar de wangen stijgt.

'Het... Het moest... De dokter... Ik moest van haar.'

Hij draait zich om en stormt haastig de kamer uit. Ondanks de ernst van de situatie kan Hester een flauwe glimlach niet verbergen. Ze vindt het niet onprettig dat haar blote lichaam hem zo in de war brengt. Ze is de blik in zijn ogen nog altijd niet vergeten toen hij samen met haar toneelspeelde.

Het volgende ogenblik stormt hij opnieuw de kamer binnen, haar kleren over zijn arm geslagen.

'Hier. Ik wacht in de woonkamer op je.'

Alsof hij bang is dat haar borsten hem alleen maar meer

zouden verwarren, draait hij zich alweer om en scheurt de kamer uit.

Hester gooit de deken van zich af en probeert zich zo snel mogelijk aan te kleden. Toch neemt het meer tijd in beslag dan ze gehoopt had. Er zit een vreemde duizeling in haar hoofd. Een gevolg van het spuitje, misschien? Eén keer moet ze zich zelfs aan de rand van het bed vasthouden om haar evenwicht niet te verliezen.

Haar kleren voelen klam aan. Ze ruiken onfris en haar anorak is ronduit smerig.

Als ze eindelijk de woonkamer binnenkomt, staat Olaf zenuwachtig met een autosleutel in zijn hand.

'Verwacht er niet te veel van', verontschuldigt hij zich al op voorhand. 'Het goedkoopste van het goedkoopste. Hij rijdt alleen als hij er zin in heeft.'

Hij loopt voor haar uit de trap af en de straat op.

In de auto is het koud. Olaf moet drie keer proberen voor de motor eindelijk aanslaat en dan moet hij naar buiten om het ijs van de ruiten te krabben. Als hij weer binnen is, blaast hij in zijn handen.

'Ready?'

'Ready.'

Het geeft Hester een raar gevoel om midden in de nacht samen met Olaf naar het huis van haar dode vader te rijden. Zij aan zij, alsof ze elkaar al jaren kennen.

Pas als ze al voorbij de kerk zijn, kijkt Olaf haar tersluiks even aan.

'Je zei dat je vader zoveel tijd doorbracht in het atelier. Wat deed hij daar dan?'

Hester reageert niet.

'Is hij ook een kunstenaar?'

Nu schudt ze het hoofd. 'Hij is alleen met mijn moeder bezig. Hij wil weten waarom... Daarom vrees ik... Mama was vaak met destructieve dingen bezig. Zo groef ze honderd plastic poppen tot aan hun hoofd in de modderige grond. *Kinderkopjes* noemde ze die tentoonstelling...'

'En je vreest dus dat je vader haar voorbeeld heeft gevolgd?' Hester knikt langzaam. Alsof zelfs de kleinste beweging haar pijn doet. Er valt een stilte. Een tijdlang is er niets te horen dan het gesputter van de motor.

'Hij liep in haar tuinbroek rond en rookte haar sigaretten', zegt Hester nog. 'Daarvoor rookte hij nooit.'

Olaf knikt alleen maar. Hij zou opnieuw zijn arm om haar heen willen slaan, maar hij heeft alle aandacht nodig om niet van de weg te raken. Ze bevinden zich nu op het bospad, vlak bij Hesters huis. Het is zo smal dat de takken aan alle kanten over het koetswerk schuren.

'Daar!' wijst Hester zodra ze de bocht uitkomen. 'Daar is het!' In het dansende, geelachtige licht doemt het huis op. Met zijn scheve dakgoot en afgebladderde luiken ziet het er ronduit griezelig uit. Olaf rijdt de auto tot vlak voor de voordeur. Nog voor hij helemaal stilstaat, heeft Hester het portier al geopend. Uit haar natte jaszak heeft ze de zaklantaarn opgevist. Degelijk materiaal. Hij doet het nog altijd.

In plaats van haar te volgen, blijft Olaf als verstijfd zitten. Vlak voor hem, op de half vermolmde voordeur, in het licht van de koplampen, ziet hij de vastgespijkerde rat. *Welke zieke geest houdt zich hiermee bezig?*

'Kom. Kom mee...' smeekt Hester. Ze durft duidelijk niet

alleen naar het atelier en schijnt met de zaklamp in Olafs gezicht. Meteen bewegen er grillige lichtvlekken over zijn netvlies.

Toch werkt hij zich op zijn beurt uit de wagen en loopt haar achterna. Onwillekeurig grijpt ze zijn hand. Hoewel haar koorts geweken is, heeft ze klamme handen.

Bij de deur houden ze halt.

'Kijk!'

Met haar zaklamp belicht Hester de tegels. Olaf ziet inderdaad een paar bloedspatten. Het lijkt of ze heel recent zijn. Hij haalt diep adem, pakt de deurkruk vast... Tot zijn verbazing gaat de deur zomaar open.

Hester snapt het niet. 'Hoe kan dat nu?' mompelt ze. 'Eerst was hij nog op slot.'

Achter het licht van de zaklamp aan schuifelen ze geruisloos naar binnen. Hun schaduwen weerkaatsen op de hoge muren. Tussen wat schetsen liggen rotte bladeren, rondslingerende wijnflessen en sigarettenpeuken op de cementen vloer. Hester beweegt langzaam haar zaklantaarn in het rond. Nog voor ze de eerste helft van de cirkel heeft beschreven, houdt ze verrast halt.

'Wat is dat?' mompelt Olaf verbaasd.

Tegen een van de zijmuren van het grote atelier staat... Ja, wat staat er eigenlijk?

Hester heeft het voorwerp herkend. Aarzelend komt ze dichterbij, staart vol ongeloof naar de mensenhoge kogel van opgerolde bramentakken. Waar ze ook kijkt, overal ziet ze vlijmscherpe doornen.

'De doornenbol', fluistert ze verbaasd. Ze herinnert zich de laatste schets in mama's schetsenboek. Papa had er aantekeningen bij gemaakt.

Olaf kijkt met een mengeling van ongeloof en ontzag naar de bol, waarin een gat is aangebracht.

'Je kunt er ook in!' zegt Hester.

'Wie zou zoiets doen? Die bol is zo scherp als glas.'

'Sommige mensen snijden zich om de pijn binnenin niet te voelen.'

'Jij?'

Even kijken ze elkaar in de ogen.

Hester schudt beslist haar hoofd. Ze begint intussen de dingen aan elkaar te knopen. Toen ze papa achter de struik in het bos had gezien, hield hij ongetwijfeld bramentakken in zijn armen. Vandaar de krassen op zijn armen en in zijn gezicht.

Maar waarom? vraagt ze zich af. *En waar is papa nu?*

Met de zaklantaarn in de hand vervolgt ze haar draaibeweging. Tot plots...

In de verste hoek van het atelier, vlak voor een stapel houtblokken, zit hij op een stoel, zijn hoofd wat weggezakt. Naast hem op de grond staat een halfvolle fles wijn en ligt een pakje sigaretten.

'Papa?'

Verdwaasd trekt hij zijn ogen open, knippert tegen het felle licht. Hij zit helemaal niet onder het bloed, ziet er vooral heel slaperig uit.

'Hester?'

Ze loopt op hem af, vliegt hem met een korte snik om de hals. Hij begrijpt er niks van, kijkt halfdronken in het rond. Nu pas merkt hij Olaf op.

'Wie is die kerel?'

Zonder haar vaders hand los te laten, vertelt Hester hoe ze de vastgespijkerde rat op de voordeur had ontdekt, in paniek naar het atelier was gerend, de deur op slot vond en bloeddruppels op de grond had gezien.

'Maarten? Vastgespijkerd?'

Als om zichzelf wakker te krijgen, schudt haar vader met zijn hoofd.

'En van die bloeddruppels snap ik ook al niets!' gaat hij onthutst verder.

'Misschien hebben ze die rat eerst op de deur van het atelier willen vastspijkeren', zegt Olaf. 'Misschien is er rattenbloed op de tegels gedrupt. Dat zou kunnen...'

Hesters vader begrijpt het nog altijd niet. Hij kijkt naar zijn horloge.

'Halfvier? Wat doet die jongen hier samen met jou in het midden van de nacht?'

En dus vertelt Hester de rest van het verhaal. Haar val in de plas, haar tocht naar het dorp, de ontmoeting met Olaf, die ook stagiair op school is. Ze voegt er zelfs aan toe dat hij haar thuis heeft opgevangen en de dokter heeft laten komen. Maar over het feit dat ze naakt was en over de mysterieuze dingen die de dokter allemaal gezegd zou hebben, rept ze met geen woord.

'En wat doe jíj hier midden in de nacht?'

'Ik... euh... Ik moet in slaap gevallen zijn.' Hij kijkt verveeld naar de halfvolle fles wijn aan zijn voeten.

Hij heeft gedronken. Hij heeft zoveel gedronken dat hij zelfs vergeten is om de deur weer op slot te draaien, toen hij binnen een nieuwe fles is gaan halen. Zo moet het gebeurd zijn.

Ze heeft plotseling zin om hem heel dicht tegen zich aan te trekken, maar doet het niet en laat zijn hand los. Hij ruikt veel te vies. Hij zou zijn tanden moeten poetsen.

'En dat? Wat is dat daar?' Met haar zaklantaarn belicht ze de doornenbol.

Papa wrijft met beide handen traag over zijn wangen en onder zijn ogen. Hij zou echt minder moeten drinken. Hij ziet er belabberd uit.

'Het laatste kunstwerk van mama. Ze had er al schetsen van gemaakt, maar ze heeft het nooit kunnen realiseren. Het was bedoeld voor haar nieuwe tentoonstelling. Ik vond dat ik het maar in haar plaats moest afwerken.'

'*Doornenbol*', citeert Hester uit het hoofd.

'Je kent de titel?'

'Ik heb de schetsen gezien, ja...'

'Mama had me verteld dat ze een vorm zocht voor de pijn in haar. Ze wilde letterlijk en figuurlijk afstand nemen van haar pijn en er als een toeschouwer naar kijken. Ze hoopte dat het maken van die doornenbol haar zou helpen. Maar ze heeft haar plannen nooit kunnen uitvoeren. Ik vond dat ik het dan maar in haar plaats moest doen.

Oorspronkelijk wilde ik alleen in haar hoofd kijken, maar uiteindelijk werd het een manier om aan mijn eigen pijn vorm te geven. Dat is me pas vannacht duidelijk geworden, toen ik die afgewerkte bol daar voor me zag staan. In zekere zin heeft je mama mij een weg getoond om met mijn verdriet om te gaan.'

'Maar waarom sloot je je dan op?'

'Jij mocht de pijn niet zien. De mijne niet en ook die van je mama niet. Ik heb die doornenbol alleen maar voor mezelf gemaakt. En voor haar, natuurlijk. Ik wou voelen waar zij de laatste momenten mee bezig was.'

Hester staart nadenkend voor zich uit. Begreep papa dan niet dat die pijn ook in háár zat en dat het beter was geweest om alles te delen?

Ze zegt het niet, kijkt opnieuw naar het indrukwekkende kunstwerk.

'Ik denk dat de dood een soort verlossing voor haar was', concludeert ze dan.

Papa knikt. 'Toch was het de verkeerde keuze. Ze had ons nooit zomaar mogen achterlaten met al onze vragen. Dat kan geen mens aan.'

'We hebben elkaar nog', troost Hester. 'We zouden elkaar moeten hebben.'

Papa knikt en geeft de halfvolle fles wijn aan zijn voeten een geweldige trap. Ze rolt een eindje door het atelier om daar klokkend leeg te lopen.

'Ja', zegt hij. 'We zouden elkaar moeten hebben. We zouden dit samen moeten dragen.'

Voor het eerst in lange tijd slaat hij zijn armen om haar heen, trekt haar heel dicht tegen zich aan. Hesters ogen schieten vol tranen. Ondanks papa's vieze geur kust ze hem op de wang. Olaf kijkt de andere richting op. Hij heeft zich zelden zo overbodig gevoeld.

12

Als Hester na een korte nachtrust door het raam van haar slaapkamer naar buiten kijkt, kan ze een kreet van verrassing niet onderdrukken. Alles ligt bedolven onder een wit pak sneeuw.

Ze heeft zin om meteen naar buiten te lopen, naar dat onwezenlijke licht, en – net als vroeger – door het winterlandschap te ploegen. Ze wil zien hoe haar voeten bij elke stap in de dikke sneeuwlaag wegzakken.

Maar ze keert zich af van het raam. Ze wil verse koffie zetten voor papa.

Terwijl ze zich omkleedt, overdenkt ze de voorbije gebeurtenissen. Het deed goed om te voelen hoe haar vader haar na al die tijd eens stevig vastpakte. En het deed zo mogelijk nog beter toen Olaf afscheid van haar nam en haar diep in de ogen keek.

'Ik ben zo blij dat je je beter voelt. Tot in de toneelzaal, morgen.'

Ze wilde hem kussen. Ze voelde het aan iedere spier in haar lijf. En hij wilde haar ook kussen, ze zag het aan zijn ogen. Maar ze deden het niet. Niet met Maarten, die op de achtergrond nog altijd tegen de voordeur plakte... Ze gaven elkaar gewoon een hand, zoals het tussen een leraar en zijn leerling betaamt.

Maar toch, Hester voelt wat ze voelt en dat maakt haar verdriet voor het eerst in lange tijd weer wat draaglijk.

Wanneer ze de trap afloopt, ruikt ze...

Die geur... Spek en eieren!

In de keuken staat papa bij het fornuis. 'Ik had dat al zo lang beloofd...'

Ze vliegt hem om de hals en geeft hem een kus.

'Bedankt!'

Het spek en de eieren smaken haar fantastisch en ook papa geniet zichtbaar van de dampende kop koffie die ze voor hem gezet heeft. Hester kijkt hem glimlachend aan.

'Ik had niet verwacht dat je zo vroeg zou opstaan.'

'Veel werk. Ik wil het huis eerst aan kant hebben. Die laatste dozen moeten eindelijk leeg. En ik moet het hout dat in het atelier ligt, naar binnen dragen. Het moet hier maar eens wat warmer worden.'

Hester glimlacht.

Op weg naar school luistert ze naar het gekraak van haar stappen in de sneeuw. Ze voelt zich veel beter, maar denkt toch weer terug aan Maarten. Hij moet zo snel mogelijk van die deur gehaald worden. Ze moet het papa vragen. Of Olaf. Zelf kan ze het niet.

Ondanks de pijn om het verlies recht ze haar rug en haalt diep adem. Even lijkt het alsof haar moeder naast haar loopt. 'Als je voor het leven kiest, dan kies je ook voor het bloed', herinnert ze zich haar woorden. Meer nog dan de vorige avond is ze ervan overtuigd dat die woorden iets met haar eigen leven te maken hebben, maar ze kan zich niet indenken wat.

Als de school in de verte opdoemt, begint haar hart sneller te kloppen.

Hoe moet het nu met Stefanie, Brian en Dave? Stapt ze naar hen toe om ze een voor een in het gezicht te spuwen? Maar dan? Wat zal er dan gebeuren? Ze kan hen in haar eentje nooit aan. Misschien maakt ze alles alleen maar erger...

Anderzijds kan ze ook niet doen alsof er niets gebeurd is. En naar de politie gaan kan ook al niet. Stel je voor: 'Ze hebben mijn rat vermoord!' Misschien denken de agenten wel dat ze hen voor de gek komt houden en krijgt ze er nog een bekeuring bovenop.

Wat kan ze dan doen? Misschien moet ze eerst maar naar de klas om te kijken of haar dagboek daar nog ligt. Misschien heeft Stefanie het na lezing gewoon weer in haar bank gelegd. Hoewel het eigenlijk niet mag, glipt ze ongezien de gang in, sluipt de trap op. Gelukkig komt ze onderweg geen leraren tegen. Wie al gearriveerd is, zit ongetwijfeld in de leraren-kamer bij een kopje koffie over de verkeersellende te vertellen. Bij de deur van haar klaslokaal hoort ze een stem: 'Nee, nee en nog eens nee. De rol van Antigone gaat niet naar Hester!' Geschrokken blijft ze staan. Het gaat over haar! Ze hoeft haar oor niet eens tegen de deur te leggen; in deze school met haar prefabmuren lijken de deuren wel van bordkarton.

'En toch is zij geknipt voor die rol. Ik blijf erbij!'

Olaf. Hij verdedigt haar!

'Het gaat niet over wie het meest geschikt is, het gaat over de sfeer in de klas. Als je Stefanie niet neemt, stook je onrust. Dat komt het toneelstuk niet ten goede en dat kunnen we missen als de pest! Ouders moeten de voorstelling met een gevoel van voldoening verlaten. Wat is het fijn dat wij onze zoon of dochter naar déze school hebben gestuurd...'

'Als regisseur wil ik het beste resultaat! Hester heeft de meeste kwaliteiten.'

'Stefanie moet nog groeien, maar ze zal de rol van Antigone heel goed spelen, dat weet ik heel zeker. En je kunt tenminste op haar rekenen. Hester is te labiel. Ze is al eens uit de school weggelopen. Geloof me nu maar... Kies voor de zekerheid: kies Stefanie.'

Hoewel het klinkt als een verkiezingsslogan, voelt Hester hoe haar mond er kurkdroog van wordt. *Olaf zal me verdedigen. Hij zal bewijzen dat hij me graag ziet!*

Maar het blijft lange tijd stil en wanneer ze eindelijk weer een stem hoort, is het die van meneer De Bruyn. Hij spreekt nu heel afgemeten, alsof hij elk woord wikt en weegt.

'Dwing me vooral niet om een slecht verslag te schrijven. Een stagerapport is heel belangrijk, belangrijker nog dan de punten die je tijdens de examens haalt.'

Hester moet even slikken. Dit is je reinste chantage! Ze hoopt dat Olaf zich zal blijven verdedigen, maar ze hoort niets, enkel stappen die naar de deur komen en bewijzen dat het gesprek is afgelopen.

Snel draait ze zich om en haast zich weg. Ze raakt ongezien de hoek om, stormt de gang door. *Is hij dan alles vergeten?* snijdt het door haar hoofd. *Zijn arm rond mijn schouder, mijn blote lichaam, het gat in zijn buik als hij eraan denkt dat hij niet van mij zou zijn?*

Gek genoeg is ze er niet eens boos om. Ze voelt alleen verdriet en medelijden.

Op de speelplaats mijdt ze de blikken van de anderen. Ze gaat op haar vaste plaatsje tegen de muur staan en staart voor zich uit tot de bel gaat. Op een afstand loopt ze de anderen achterna. Ze hoeven niet in de rij te blijven wachten vanochtend, ze mogen meteen naar de toneelzaal.

Daar blijft ze achteraan in de zaal rondhangen. Ze ziet hoe Stefanie al op het podium staat. 'Al wie in ellende leeft, sterft graag!' declameert ze veel te theatraal. Hester moet onvermijdelijk aan haar moeder denken. Zou zij ooit een voorstelling over Antigone gezien hebben?

Even later komt De Bruyn binnen. Hij wordt op de voet gevolgd door Olaf, die op zijn beurt op het podium stapt. De stagiair ziet er bleek en moe uit. Logisch natuurlijk, hij heeft de hele nacht haast geen oog dichtgedaan.

'Komen jullie hier allemaal even rond mij op het podium staan?' Met veel gedruis doen de leerlingen wat hij vraagt. Hester wil achteraan in de zaal blijven staan, maar wanneer De Bruyn haar achterdochtig bekijkt, gehoorzaamt ze toch.

'Ik zou eerst de rolverdeling willen doornemen.'

Onwillekeurig gluurt Hester de zaal in. Op de allereerste rij zit meneer De Bruyn. Hij heeft er duidelijk alle vertrouwen in. Hij heeft de benen zelfverzekerd voor zich uitgestrekt en wacht met de handen ontspannen in de nek op wat komen gaat.

'Is die rolverdeling definitief?' wil Stefanie weten.

'Dat is toch wel de bedoeling. Tenzij er heel onverwachte dingen gebeuren, ziekte bijvoorbeeld...'

'Een belangrijk moment, dus...'

'Inderdaad. En omdat ik nu toch naar jou kijk, zullen we de knoop direct maar doorhakken.'

Olaf kijkt even naar De Bruyn. Die knipoogt hem goedkeurend

toe. *Goed zo, jongen. Meteen die hete pan van tafel, dan kan niemand zich er nog aan branden.*

'Ik ben er zeker van dat heel wat leerlingen jou geknipt vinden voor de rol van Antigone', vervolgt Olaf dan. Stefanie glundert. Ze vindt het fijn dat iedereen nu naar haar kijkt. En ze vindt het vooral fijn dat het zwarte scharminkel dat haar die rol wilde ontfutselen naast de hoofdprijs grijpt.

'Ik ben er ook zeker van dat je die rol heel goed zal spelen en dat ik als regisseur voor de volle honderd procent op jou kan rekenen.'

Stefanies glimlach wordt nu nog breder. O, wat zou ze graag eens apart met Olaf repeteren. Ze jaagt hem het hoofd op hol, daarvan is ze zeker!

'Maar toch vind ik jou geen ideale Antigone', gaat Olaf dan plotseling scherp verder. 'Een échte Antigone zou nooit zomaar iemands lievelingsdier opensnijden en tegen de voordeur spijkeren!'

Stilte. Stomverbaasde stilte. Enkel De Bruyn springt sprakeloos overeind. In paniek kijkt Stefanie naar Dave en Brian. Die willen zich liefst van al onzichtbaar maken. Het was jouw idee, lijken Daves bange ogen te zeggen. Ik heb er niks mee te maken!

'En daarom, omdat een echte Antigone dit nooit zou doen, geef ik de rol aan...'

Als opgetild door een vloedgolf komt ze naar hem toe. Iets wat groter is dan haarzelf neemt het nu van haar over.

'...Hester. '

Hij is zo ontroerd dat hij haar naam bijna niet uitgesproken krijgt. Ze staat nu vlak voor hem en kijkt hem recht in de ogen. En ineens bestaat er niets meer. Geen De Bruyn die met ogen als schoteltjes in sprakeloze verwarring de gebeurtenissen volgt, geen leerlingen die twijfelen of ze al dan niet dromen, geen Stefanie die wankelend het meisje naast haar vastgrijpt. Er is alleen Hester en haar mond die dichter- en dichterbij komt, tot...

'Eruit!' roept De Bruyn op het ogenblik dat hun lippen elkaar raken. 'Eruit!'

Olaf lijkt het nauwelijks te horen. Met gesloten ogen kust hij verder. Pas als De Bruyn van pure woede zijn boekentas pakt en die keihard op de grond keilt, kijkt hij verstoord op.

'Naar buiten!' herhaalt De Bruyn en hij wrijft zich over zijn kale schedel. 'Nooit kom jij mijn klas nog in!'

Olaf knikt. Hij kijkt Hester nog een keer diep in de ogen, draait zich dan om, loopt het podium af en stapt vol ingehouden emoties de toneelzaal uit.

'En jij gaat naar de directeur!' briest De Bruyn terwijl hij naar Hester wijst. 'Reken maar dat je er dit keer niet zo gemakkelijk van afkomt!'

Hester lijkt hem niet te horen. Ze kijkt Olaf na. Op het ogenblik dat die de deur dichttrekt, keert ze zich naar Stefanie.

'En dit is voor Maarten!'

Ze spuwt haar vol in het gezicht. Stefanie is zo verbouwereerd dat ze Hester niet eens aanvliegt. Vol walging veegt ze met de rug van haar hand het spuug van haar gezicht.

De Bruyn kan het niet meer aanzien. Hij vliegt het podium op, stuift op Hester af, wil haar bij de schouder nemen.

'Waag het niet! Waag het niet mij aan te raken!'

Als een onplooibare Antigone staat ze voor hem. Geschrokken trekt hij zijn hand terug. Dan draait Hester zich om en loopt op haar beurt de zaal uit.

Als ze buitenkomt, ziet ze Olaf over de besneeuwde speelplaats lopen. Ze rent hem achterna. Plots voelt ze een warmte
tussen haar benen. Ze stopt even en ziet hoe het bloed tussen
haar dijen in de sneeuw druppelt en daar een spoor achter-
laat.

Even kijkt ze niet-begrijpend naar de rode druppels in de
sneeuw. Dan glimlacht ze.

Pril
Geluk
Guy Didelez
'Hier heeft alles zijn prijs.' Manteau

ISBN: 978 90 223 1982 6